缘缘堂书系 丰子恺 插图本

缘缘堂续笔

丰子恺

著

图书在版编目（CIP）数据

缘缘堂续笔/丰子恺著.—北京：人民文学出版社，2022
（缘缘堂书系·丰子恺插图本）
ISBN 978-7-02-012226-4

Ⅰ.①缘… Ⅱ.①丰… Ⅲ.①散文集—中国—现代 Ⅳ.①I266

中国版本图书馆 CIP 数据核字（2021）第 237531 号

责任编辑　杜　丽　陈　悦
装帧设计　刘　远
责任校对　刘佳佳
责任印制　宋佳月

出版发行　人民文学出版社
社　　址　北京市朝内大街 166 号
邮政编码　100705

印　　刷　北京盛通印刷股份有限公司
经　　销　全国新华书店等

字　　数　75 千字
开　　本　787 毫米×1092 毫米　1/32
印　　张　6.625　插页 1
印　　数　1—6000
版　　次　2022 年 4 月北京第 1 版
印　　次　2022 年 4 月第 1 次印刷

书　　号　978-7-02-012226-4
定　　价　45.00 元

版本说明

1926年，弘一法师云游经过上海，来到丰子恺家中探望。丰子恺请弘一法师为自己的住所取名，弘一法师让丰子恺在小方纸上写了许多他所喜欢而可以互相搭配的文字，团成许多小纸球，撒在释迦牟尼画像前的供桌上，拿两次阄，拆开来都是"缘"字，遂名寓所为"缘缘堂"。缘缘堂并没有厅堂，是一个象征性的名称，以后丰子恺每迁居哪里，横披便挂在哪里，一直到1933年在故乡石门湾造成像样的宅院，给缘缘堂赋予真的形。

因为有弘一法师为丰子恺的寓所缘缘堂命名，所以丰先生称缘缘堂为"灵的存在"，而那些冠以缘缘堂的随笔，由此也充满睿智与灵气，这正应了郁达夫对于缘缘堂随笔的评价："人家只晓得他的漫画入神，殊不知他的散文，清幽玄妙，灵达处反远出在他的画笔之上。"

本次出版的"缘缘堂书系·丰子恺插图本"包含《缘缘堂随笔》《缘缘堂再笔》《缘缘堂续笔》《缘缘堂新笔》《缘缘堂·车厢社会》《缘缘堂·随笔二十篇》六本散文集，每篇散文皆为丰子恺在缘缘堂时期创作。

丰子恺的缘缘堂系列作品在历年的出版过程中多次被拆分组合，形成各样版本的文集。本书系的文集皆采用初版本的篇目，且配上大量丰子恺在缘缘堂时期创作的漫画，还给读者一份原汁原味的"缘缘堂"。

目　录

眉

少年时初学西洋画，读一册英文书 *Figure Drawing*（《人体画法》），看见其中说：成人的眼睛，都生在头的正中：但学者往往画得太高。因为他们以为眼睛下面有鼻有口能吃，能说，而眼睛上面只有眉毛，无有作用，所以把眼睛画得高些，这便画错了。

我看到"眉毛无有作用"这句话，想见中国人和西洋人，对眉毛的看法大不相同。中国人重视眉毛，而西洋人则不甚注意；大约因为他们凹目凸鼻，眉毛很不显著；而中国人脸面平坦，眉清目秀故也。所以在西洋诗文中，极少谈到眉；而中国诗文中，眉是美妙的描写对象。不但诗文中，在口头语中，也常说到眉："眉来眼去"，"眉飞色舞"，"眉头一皱，计上

眉眼盈盈处

心来"……

张敞画眉是关于眉的佳话。画眉有深有浅，故曰："妆罢低声问夫婿，画眉深浅入时无？"画眉又有各种形式，故曰"十样宫眉捧寿觞"，"淡扫蛾眉朝至尊"。眉以长为美，故曰："情高意真，眉长鬓青。""借问承恩者，双蛾几许长？"眉能传情，故曰"贪与萧郎眉语，不知舞错伊州"。诗人又把眉比作远山，故曰"水是眼波横，山是眉峰聚"。

可见画眉是女子妆扮时的一种重要工作。我小时曾看见有些女子，把原来的眉毛剃光，完全画出来。汉时童谣中说："城中好广眉，四方且半额。"可见画眉之道，由来久矣。鲁迅先生说："横眉冷对千夫指"，可知男子的眉也富有表情作用。

男 子

"多福多寿多男子"，是华封人对尧的祝颂。可知远古以来，人间就爱重男子。爱重男子的原因，是为了男子能使你的种子繁殖，不致无后绝嗣。而女子则嫁与别家，去繁殖别人的种子，所以人都重男轻女。

希望种子繁殖，是世间一切生物的本能。人是生物之一，当然也具有这种本能。孔子说："不孝有三，无后为大。"耶稣《圣经》的"创世记"中，有这样的记载：一人丧妻，有二女而无子。一女悯父无后，用酒将父灌醉，与之同房，为之生子。这奇离的故事，正是说明无后之可怕，男子之可贵。人为万物之灵，处处凌驾别种动物，独有繁殖种子一道，竟与别的动物无异。这是一种野蛮根性。世间除了极少数独身主

花好月圆人寿

义者之外，都具有这种根性。

我小时看见过不少爱子重嗣的实例。有一亲戚，家道小康，而两女伢伢生，老年无子。于是到处求神，拜佛，行善，许愿，果然生了一子。老夫妻爱之如拱璧，命令两女悉心护持，出必随侍，食必喂哺。此子长大到十五六岁，即计划婚事，必娶三妻，克昌厥后。岂料此子入大学后，恪守一夫一妻制，重违父命。父死之时，尚未抱孙。后来娶妻，不生子女，因故自杀，此家终于绝嗣，哀哉。

邓攸无子，古人说是天道无知。陶渊明胸怀旷达，也说"弱女虽非男，慰情聊胜无。"甚矣，男子之可贵也！

牛 女 ①

　　七月七日之夜，牛郎织女鹊桥相会。这神话历史悠久，梁宗懔的《荆楚岁时记》中即有记载。织女这名词，由来更久，诗《小雅》中已见；《汉书·天文志》中说此乃天帝的孙女，故名天孙。大约因此产生神话，说天帝将织女嫁与牛郎后，织女废织，牛郎废耕。天帝怒，将二人分置银河两岸，只许每年七月七日之夜相会一度。《荆楚岁时记》中说："是夕人家妇女结彩缕穿针，陈设几筵酒脯瓜果于庭中以乞巧。"我小时候，吾乡还盛行此风俗。我家姊妹多，祭双星时，大家在眉月光中穿针，穿进者为乞得巧。我这男孩子也

---

① 本篇曾收入《缘缘堂随笔集》（1983）。

卧看牵牛织女星

来效颦，天孙总是不肯给巧。这些虽是迷信的玩意，回想起来甚有趣味。古人云："不为无益之事，何以遣有涯之生？"

七夕牛女鹊桥相会，长为诗人词客的好题材，古来佳作不计其数，各人别出心裁。有人说："多情欲话经年别，哪有工夫送巧来！"有人翻案，说："金风玉露一相逢，便胜却人间无数。"又说："两情若是久长时，又岂在朝朝暮暮！"又有人揶揄他们，说"笑问牵牛与织女，是谁先过鹊桥来？"又有人异想天开，说他们是夜夜相会的："人间都道隔年期，岂天上方才隔夜。"有道是"山中方七日，世上已千年"，则何妨说"天上方一日，世上已隔年"呢。但这些都是诗人弄笔，博人一笑。总之，牛女会少离多，常得世间旷夫怨女的同情。"天孙莫怅阻银河，汝尚有牵牛相忆"可谓沉痛之语。《古诗十九首》中也同情他们："迢迢牵牛星，皎皎河汉女。纤纤擢素手，札札弄机杼。终日不成章，泣涕零如雨。河汉清且浅，相去复几许。盈盈一水间，脉脉不得语。"可谓寄托深远。

暂时脱离尘世 ①

夏目漱石的小说《旅宿》（日本名《草枕》）中有一段话："苦痛、愤怒、叫嚣、哭泣，是附着在人世间的。我也在三十年间经历过来，此中况味尝得够腻了。腻了还要在戏剧、小说中反复体验同样的刺激，真吃不消。我所喜爱的诗，不是鼓吹世俗人情的东西，是放弃俗念，使心地暂时脱离尘世的诗。"

夏目漱石真是一个最像人的人。今世有许多人外貌是人，而实际很不像人，倒像一架机器。这架机器里装满着苦痛、愤怒、叫嚣、哭泣等力量，随时可以应用。即所谓"冰炭满怀抱"也。他们非但不觉得吃

① 本篇曾收入《缘缘堂随笔集》（1983）。

KISS

不消，并且认为做人应当如此，不，做机器应当如此。

我觉得这种人非常可怜，因为他们毕竟不是机器，而是人。他们也喜爱放弃俗念，使心地暂时脱离尘世。不然，他们为什么也喜欢休息，喜欢说笑呢？苦痛、愤怒、叫嚣、哭泣，是附着在人世间的，人当然不能避免。但请注意"暂时"这两个字，"暂时脱离尘世"，是快适的，是安乐的，是营养的。

陶渊明的《桃花源记》，大家知道是虚幻的，是乌托邦，但是大家喜欢一读，就为了他能使人暂时脱离尘世。《山海经》是荒唐的，然而颇有人爱读。陶渊明读后还咏了许多诗。这仿佛白日做梦，也可暂时脱离尘世。

铁工厂的技师放工回家，晚酌一杯，以慰尘劳。举头看见墙上挂着一大幅《冶金图》，此人如果不是机器，一定感到刺目。军人出征回来，看见家中挂着战争的画图，此人如果不是机器，也一定感到厌烦。从前有一科技师向我索画，指定要画儿童游戏。有一律师向我索画，指定要画西湖风景。此种些微小事，也竟有人萦心注目。二十世纪的人爱看表演千百年前故事的古装戏剧，也是这种心理。人生真乃意味深长！这使我常常怀念夏目漱石。

酒 令 [1]

　　我父亲中举人后，科举就废。他走不上仕途，在家闲居终老。每逢春秋佳日，必邀集亲友，饮酒取乐。席上必行酒令。我还是一个孩童，有些酒令我不懂得。懂得的是"击鼓传花"。其法，叫一个不参加饮酒的人在隔壁房间里敲鼓。主人手持一枝花，传给邻座的人，依次传递，周流不息。鼓声停止之时，花在谁手中，谁饮酒。传花时非常紧张，每人一接到花，立刻交出，深恐在他手中时鼓声停止。击鼓的人，必须隔室，防止作弊。有的击鼓人很有技巧：忽而缓起来，好像要停止，却又响起来；忽而响起来，好像要继续，

---

　　[1]　本篇曾收入《缘缘堂随笔集》（1983）。

酒酣耳热

却突然停止了。持花的人就在一片笑声中饮酒。有时正在交代之际，鼓声停止了。两人大家放手，花落在地上。主人就叫这二人猜拳，输者饮酒。

又有一种酒令，是掷骰子。三颗骰子，每颗都用白纸糊住六面，上面写字。第一只上面写人物，第二只上面写地方，第三只上面写动作。文句是：公子章台走马，老僧方丈参禅，少妇闺阁刺绣，屠沽市井挥拳，妓女花街卖俏，乞儿古墓酣眠。第一只骰子上写人物，即公子、老僧、少妇、屠沽、妓女、乞儿。第二只骰子上写地方，即章台、方丈、闺阁、市井、花街、古墓。第三只骰子上写动作，即走马、参禅、刺绣、挥拳、卖俏、酣眠。于是将骰子放在一只碗里，叫大家掷。凭掷出来的文句而行酒令。

如果手运奇好，掷出来是原句，例如"公子章台走马"，那么满座喝彩，大家为他满饮一杯。但这是极难得的。有的虽非原句，而情理差可，则酌量罚酒或免饮。例如"老僧古墓挥拳"，大约此老僧喜练武功；"公子闺阁酣眠"，大约这闺阁是他的妻子的房间；

"乞儿市井酣眠"，也是寻常之事。但是骰子无知，有时乱说乱话："屠沽章台卖俏"，"老僧闺阁酣眠"，"乞儿方丈走马"，……那就满座大笑，讥议抨击，按例罚酒。众口嚣嚣，谈论纷纷，这正是侑酒的佳肴。原来饮酒最怕沉闷，有说有笑，酒便乘势入唇。

小孩子不吃酒，但也仿照这酒令，做三只骰子，以取笑乐。一只骰子上写"爸爸、妈妈、哥哥、姐姐、弟弟、妹妹"；一只骰子上写"在床里、在厕所里、在街上、在船里、在学校里、在火车里"；一只骰子上写"吃饭、唱歌、跳绳、大便、睡觉、踢球"。掷出来的，是"爸爸在床上睡觉""哥哥在学校里踢球""姐姐在船里唱歌""哥哥在厕所里大便""弟弟在学校里跳绳"，便是好的。如果是"爸爸在床里大便""妈妈在火车里跳绳""姐姐在厕所里踢球"，那就要受罚。如果这一套玩厌了，可以另想一套新的。这玩法比打扑克牌另有风味。

食 肉 [①]

我从小不吃肉，猪牛羊肉一概不要吃，吃了要呕吐。三四岁以前，本来是要吃的，肥肉也要吃。但长大起来，就不要吃了。原因何在，不得而知。大约是生理关系，仿佛牛马羊不要吃荤，只要吃草。我母亲喜欢吃肉。她推己及人，担心我不吃肉身体不好，曾经将肥肉切成小粒，用豆腐皮包好，叫我吞下去。我遵命。但入胃不久，即觉异样，终于呕吐，连饭也吐光。母亲灰心了，于是我成了一个不食肉者，连鸡鸭也不要吃，只能吃鱼虾。

不食肉是很不方便的。出门作客，参加聚餐，

---

① 本篇曾收入《缘缘堂随笔集》（1983）。

肉

席上总是肉类。有的人家，青菜用肉汤烧，鱼肚中嵌肉。这是最讲究的，却是和我为难。有一次我在一位老先生家便饭。席上鱼肉之外有青菜和豆腐。老先生知道我不吃肉，请我吃豆腐和青菜。但我一看，豆腐和青菜中都加些肉屑，我竟不能下箸。向主人讨些生豆腐，加些麻油酱油，津津有味地吃了一餐饱饭。旁人都说奇怪。谁谓荼苦，其甘如荠呀！

我曾在杭州第一师范做住宿生。饭厅里每桌七人，每餐四菜一汤，其中必有一碗肉。七块肉排列在上，底下是青菜。我应得的一块肉，总是送别人吃，六人轮流受用。因此同学们都喜欢和我同桌。有时星期日约同学出外聚餐，我总拉他们到功德林、素香斋。他们也说素菜好吃，然而嫌它营养不良。我入社会后，索性自称素食者，以免麻烦。其实鳜鱼、河蟹，我都爱吃。

遍观古往今来，中土外国，无不以肉为美味。"六十非肉不饱"，"晚食以当肉"，足见人们对肉的珍视。我不吃肉，实在是"大逆不道"！ 但我"知故不改"，却笑"食肉者鄙"。

酆 都 [①]

　　我童年住在故乡浙江石门湾时，听人传说，遥远的四川酆都县，是阴阳交界之处。那里的商店柜子上都放一盆水。顾客拿钱（那时没有纸币，都是铜币和银币）来买物，店员将钱丢在水里，如果沉的，是人的真钱；如果浮的，是鬼的纸钱，就退还他。后来我大起来，在地图上看到确有酆都这地方，知道这明明是谣言。

　　抗日战争期间，我避寇居重庆，有一次乘轮东下，到酆都去游玩。入市一看，土地平旷，屋舍俨然，行人熙来攘往，市容富丽繁华，非但不像阴间，实比阳

---

① 　本篇曾收入《缘缘堂随笔集》（1983）。

热烈的重庆

间更为阳间。尤其是那地方的人民，态度都很和气，对我这来宾殷勤招待。据他们说，此间气候甚佳，冬暖夏凉。团体机关，人事都很和谐，绝少有纠纷摩擦。天时、地利、人和，此间兼而有之，我颇想卜居于此。

我与当地诸君谈及外间的谣言，皆言可笑。但据说当地确有一森罗殿，即阎王殿，备极壮丽。当年香火甚盛，今则除极少数乡愚外，无有参拜者。仅有老道二三人居留其中，作为古迹看守而已。诸君问我要去参观否，我欣诺。彼等预先告我，入门时勿受泥塑木雕所惊。我跨进殿门，果有一活无常青面獠牙，两眼流血，手执破扇，向我扑将过来，其头离我身不及一尺。我进内，此活无常即起立，不复睬我。盖门内设有跷跷板，活无常装置在一端也。记得我乡某庙亦有此装置，吓死了一个乡下老太，就拆毁了。此间则还是当作古迹保存。其中列坐十殿阎王，雕塑非常精美，显然不是近代之物。当作佛教美术参观，颇有意味。殿内匾额对联甚多。我注意到两联，至今不忘。其一曰："为恶必灭，若有不灭，祖宗之遗德，德尽必灭；为善必昌，若有不昌，祖宗之遗殃，殃尽必昌。"
其二曰："百善孝当先，论心不论事，论事天下无孝
子；万恶淫为首，论事不论心，论心天下无完人。"
前者提倡命定论，措词巧妙。后者勉人为善，说理精
当。

癞六伯 [1]

癞六伯，是离石门湾五六里的六塔村里的一个农民。这六塔村很小，一共不过十几户人家，癞六伯是其中之一。我童年时候，看见他约有五十多岁，身材瘦小，头上有许多癞疮疤。因此人都叫他癞六伯。此人姓甚名谁，一向不传，也没有人去请教他。只知道他家中只有他一人，并无家属。既然称为"六伯"，他上面一定还有五个兄或姐，但也一向不传。总之，癞六伯是孑然一身。

癞六伯孑然一身，自耕自食，自得其乐。他每日早上挽了一只篮步行上街，走到木场桥边，先到我家

---

① 本篇曾收入《缘缘堂随笔集》（1983）。

找奶奶，即我母亲。"奶奶，这几个鸡蛋是新鲜的，两支笋今天早上才掘起来，也很新鲜。"我母亲很欢迎他的东西，因为的确都很新鲜。但他不肯讨价，总说"随你给吧"。我母亲为难，叫店里的人代为定价。店里人说多少，癞六伯无不同意。但我母亲总是多给些，不肯欺负这老实人。于是癞六伯道谢而去。他先到街上"做生意"，即卖东西。大约九点多钟，他就坐在对河的汤裕和酒店门前的饭桌上吃酒了。这汤裕和是一家酱园，但兼卖热酒。门前搭着一个大凉棚，凉棚底下，靠河口，设着好几张板桌。癞六伯就占据了一张，从容不迫地吃时酒。时酒，是一种白色的米酒，酒力不大，不过二十度，远非烧酒可比，价钱也很便宜，但颇能醉人。因为做酒的时候，酒缸底上用砒霜画一个"十"字，酒中含有极少量的砒霜。砒霜少量原是无害而有益的，它能养筋活血，使酒力遍达全身，因此这时酒颇能醉人，但也醒得很快，喝过之后一两个钟头，酒便完全醒了。农民大都爱吃时酒，就为了它价钱便宜，醉得很透，醒得很快。农民都要工作，长醉是不相宜的。我也爱吃这种酒，后来客居杭州上海，常常从故乡买时酒来喝。因为我要写作，宜饮此酒。李太白"但愿长醉不愿醒"，我不愿。

且说癞六伯喝时酒，喝到饱和程度，还了酒钱，提着篮子起身回家了。此时他头上的癞疮疤变成通红，走步有些摇摇晃晃。走到桥上，便开始骂人了。他站在桥顶上，指手划脚地骂："皇帝万万岁，小人日日醉！""你老子不怕！""你算有钱？千年田地八百主！""你老子一条裤子一根绳，皇帝看见让三分！"骂的内容大概就是这些，反复地骂到十来分钟。旁人久已看惯，不当一回事。癞六伯在桥上骂人，似乎是一种自然现象，仿佛鸡啼之类。我母亲听见了，就对陈妈妈说："好烧饭了，癞六伯骂过了。"时间大约在十点钟光景，很准确的。

有一次，我到南沈浜亲戚家作客。下午出去散步，走过一爿小桥，一只狗声势汹汹地赶过来。我大吃一惊，想拾石子来抵抗，忽然一个人从屋后走出来，把

敬客

狗赶走了。一看，这人正是癞六伯，这里原来是六塔村了。这屋子便是癞六伯的家。他邀我进去坐，一面告诉我："这狗不怕。叫狗勿咬，咬狗勿叫。"我走进他家，看见环堵萧然，一床，一桌，两条板凳，一只行灶之外，别无长物。墙上有一个搁板，堆着许多东西，碗盏、茶壶、罐头，连衣服也堆在那里。他要在行灶上烧茶给我吃，我阻止了。他就向搁板上的罐头里摸出一把花生来请我吃："乡下地方没有好东西，这花生是自己种的，燥倒还燥。"我看见墙上贴着几张花纸，即新年里买来的年画，有《马浪荡》、《大闹天宫》、《水没金山》等，倒很好看。他就开开后门来给我欣赏他的竹园。这里有许多枝竹，一群鸡，还种着些菜。我现在回想，癞六伯自耕自食，自得其乐，很可羡慕。但他毕竟孑然一身，孤苦伶仃，不免身世之感。他的喝酒骂人，大约是泄愤的一种方法吧。

不久，亲戚家的五阿爹来找我了。癞六伯又抓一把花生来塞在我的袋里。我道谢告别，癞六伯送我过桥，喊走那只狗。他目送我回南沈浜。我去得很远了，他还在喊："小阿官①！ 明天再来玩！"

———

① 小阿官，作者家乡一带对小主人的称呼。

塘　栖 [①]

　　夏目漱石的小说《旅宿》（日文名《草枕》）中，有这样的一段文章："像火车那样足以代表二十世纪的文明的东西，恐怕没有了。把几百个人装在同样的箱子里蓦然地拉走，毫不留情。被装在箱子里的许多人，必须大家用同样的速度奔向同一车站，同样地熏沐蒸汽的恩泽。别人都说乘火车，我说是装进火车里。别人都说乘了火车走，我说被火车搬运。像火车那样蔑视个性的东西是没有的了。……"

　　我翻译这篇小说时，一面非笑这位夏目先生的顽固，一面体谅他的心情。在二十世纪中，这样重视个

[①]　本篇原载1983年1月26日《文汇报》，并收入《缘缘堂随笔集》（1983）。

性，这样嫌恶物质文明的，恐怕没有了。有之，还有一个我，我自己也怀着和他同样的心情呢。从我乡石门湾到杭州，只要坐一小时轮船，乘一小时火车，就可到达。但我常常坐客船，走运河，在塘栖过夜，走它两三天，到横河桥上岸，再坐黄包车来到田家园的寓所。这寓所赛如我的"行宫"，有一男仆经常照管着。我那时不务正业，全靠在家写作度日，虽不富裕，倒也开销得过。

客船是我们水乡一带地方特有的一种船。水乡地方，河流四通八达。这环境娇养了人，三五里路也要坐船，不肯步行。客船最讲究，船内装备极好。分为船梢、船舱、船头三部分，都有板壁隔开。船梢是摇船人工作之所，烧饭也在这里。船舱是客人坐的，船头上安置什物。舱内设一榻、一小桌，两旁开玻璃窗，窗下都有坐板。那张小桌平时摆在船舱角里，三只短脚搁在坐板上，一只长脚落地。倘有四人共饮，三只短脚可接长来，四脚落地，放在船舱中央。此桌约有二尺见方，义麻雀也可以。舱内隔壁上都嵌着书画镜

架起两支橹，一支两人，一里一换

框，竟像一间小小的客堂。这种船真可称之为画船。这种画船雇用一天大约一元。（那时米价每石约二元半。）我家在附近各埠都有亲戚，往来常坐客船。因此船家把我们当作老主顾。但普通只雇一天，不在船中宿夜。只有我到杭州，才包它好几天。

吃过早饭，把被褥用品送进船内，从容开船。凭窗闲眺两岸景色，自得其乐。中午，船家送出酒饭来。傍晚到达塘栖，我就上岸去吃酒了。塘栖是一个镇，其特色是家家门前建着凉棚，不怕天雨。有一句话，叫做"塘栖镇上落雨，淋勿着"。"淋"与"轮"发音相似，所以凡事轮不着，就说"塘栖镇上落雨"。且说塘栖的酒店，有一特色，即酒菜种类多而分量少。几十只小盆子罗列着，有荤有素，有干有湿，有甜有咸，随顾客选择。真正吃酒的人，才能赏识这种酒家。若是壮士、莽汉，像樊哙、鲁智深之流，不宜上这种酒家。他们狼吞虎嚼起来，一盆酒菜不够一口。必须是所谓酒徒，才可请进来。酒徒吃酒，不在菜多，但求味美。呷一口花雕，嚼一片嫩笋，其味无穷。这种人深得酒中三昧，所以称之为"徒"。迷于赌博的叫做赌徒，迷于吃酒的叫做酒徒。但爱酒毕竟和爱钱不同，故酒徒不宜与赌徒同列。和尚称为僧徒，与酒徒同列可也。我发了这许多议论，无非要表示我是个酒徒，故能赏识塘栖的酒家。我吃过一斤花雕，要酒家做碗素面，便醉饱了。算还了酒钞，便走出门，到淋勿着的塘栖街上去散步。塘栖枇杷是有名的。我买些白沙枇杷，回到船里，分些给船娘，然后自吃。

在船里吃枇杷是一件快适的事。吃枇杷要剥皮，要出核，把手弄脏，把桌子弄脏。吃好之后必须收拾桌子，洗手，实在麻烦。船里吃枇杷就没有这种麻烦。靠在船窗口吃，皮和核都丢在河里，吃好之后在河里洗手。坐船逢雨天，在别处是不快的，在塘栖却别有趣味。因为岸上淋勿着，绝不妨碍你上岸。况且有一种诗趣，使你想起古人的佳句："人人尽说江南好，游人只合江南老。春水碧于天，画船听雨眠。""闲梦江南梅熟日，夜船吹笛雨潇潇。"古人赞美江南，不是信口乱道，确是亲身体会才说出来的。江南佳丽地，塘栖水乡是代表之一。我谢绝了二十世纪的文明产物的火车，不惜工本地坐客船到杭州，实在并非顽固。知我者，其唯夏目漱石乎？

中举人

　　我的父亲是清朝光绪年间最后一科的举人。他中举人时我只四岁，隐约记得一些，听人传说一些情况，写这篇笔记。话须得从头说起：

　　我家在明末清初就住在石门湾。上代已不可知，只晓得我的祖父名小康，行八，在这里开一爿染坊店，叫做丰同裕。这店到了抗日战争开始时才烧毁。祖父早死，祖母沈氏，生下一女一男，即我的姑母和父亲。祖母读书识字，常躺在鸦片灯边看《缀白裘》等书。打瞌睡时，往往烧破书角。我童年时还看到过这些烧残的书。她又爱好行乐。镇上演戏文时，她总到场，先叫人搬一只高椅子去，大家都认识这是丰八娘娘的椅子。她又请了会吹弹的人，在家里教我的姑母和父亲学唱戏。邻近沈家的四相公常在背后批评她:"丰八老太婆发昏了,教儿子女儿唱徽调。"因为那时唱戏是下等人的事。但我祖母听到了满不在乎。我后来读《浮生六记》,觉得我的祖母颇有些像那芸娘。

父亲名镳,字斛泉,廿六七岁时就参与大比。大比者,就是考举人,三年一次,在杭州贡院中举行,时间总在秋天。那时没有火车,便坐船去。运河直通杭州,约八九十里。在船中一宿,次日便到。于是在贡院附近租一个"下处",等候进场。祖母临行叮嘱他:"斛泉,到了杭州,勿再埋头用功,先去玩玩西湖。胸襟开朗,文章自然生色。"但我父亲总是忧心悄悄,因为祖母一方面旷达,一方面非常好强。曾经对人说:"坟上不立旗杆,我是不去的。"那时定例:中了举人,祖坟上可以立两个旗杆。中了举人,不但家族亲戚都体面,连已死的祖宗也光荣。祖母定要立了旗杆才到坟上,就是定要我父亲在她生前中举人。我推想父亲当时的心情多么沉重,哪有兴致玩西湖呢?

每次考毕回家,在家静候福音。过了中秋消息沉沉，便确定这次没有考中，只得再在家里饮酒，看书，吸鸦片，进修三年，再去大比。这样地过了三次，即九年，祖母日渐年老，经常卧病。我推想当时父亲的心里多么焦灼！但到了他三十六岁[①]那年，果然考中了。那时我年方四岁，奶妈抱了我挤在人丛中看他拜北阙，情景隐约在目。那时的情况是这样：

父亲考毕回家，天天闷闷不乐，早眠晏起，茶饭无心。祖母躺在床上，请医吃药。有一天，中秋过后，正是发榜的时候[②]，染店里的管账先生，即我的堂房伯伯，名叫亚卿，大家叫他"麻子三大伯"的，早晨到店，心血来潮，说要到南高桥头去等"报事船"。大家笑他发呆，他不顾管，径自去了。他的儿子名叫乐生，是个顽皮孩子，（关于此人，我另有记录。）跟了他去。父子两人在南高桥上站了一会，看见一只快船驶来，锣声嘡嘡不绝。他就问："谁中了？"船上人说："丰镤，丰镤！"乐生先逃，麻子三大伯跟着他跑。

① 应为三十五岁。

② 当时发榜常在农历九月初九，取重九登高之意。

好鸟枝头亦朋友

旁人不知就里，都说："乐生又闯了祸了，他老子在抓他呢。"

麻子三大伯跑回来，闯进店里，口中大喊"斛泉中了！斛泉中了！"父亲正在蒙被而卧。麻子三大伯喊到他床前，父亲讨厌他，回说："你不要瞎说，是四哥，不是我！"四哥者，是我的一个堂伯，名叫丰锦，字浣江，那年和父亲一同去大比的。但过了不久，报事船已经转进后河，锣声敲到我家里来了。"丰镛接诰封！丰镶接诰封！"一大群人跟了进来。我父亲这才披衣起床，到楼下去盥洗。祖母闻讯，也扶病起床。

我家房子是向东的，于是在厅上向北设张桌子，点起香烛，等候新老爷来拜北阙。麻子三大伯跑到市里，看见团子、粽子就拿，拿回来招待报事人。那些卖团子、粽子的人，绝不同他计较。因为他们都想同新贵的人家结点缘。但后来总是付清价钱的。父亲戴了红缨帽，穿了外套走出来，向北三跪九叩，然后开诰封。祖母头上拔下一支金挖耳来，将诰封挑开，这金挖耳就归报事人获得。报事人取出"金花"来，插在父亲头上，又插在母亲和祖母头上。这金花是纸做的，轻巧得很。据说皇帝发下的时候，是真金的，经过人手，换了银花，再换了铜花，最后换了纸花。但不拘怎样，总之是光荣。表演这一套的时候，我家里挤满了人。因为数十年来石门湾不曾出过举人，所以这一次特别稀奇。我年方四岁，由奶妈抱着，挤在人丛中看热闹，虽然莫明其妙，但到现在还保留着模糊的印象。

　　两个报事人留着，住在店楼上写"报单"。报单用红纸，写宋体字："喜报贵府老爷丰鐄高中庚子辛丑恩政并科第八十七名举人。"自己家里挂四张，亲戚每家送两张。这"恩政并科"便是最后一科，此后就废科举，办学堂了。本来，中了举人之后，再到北京"会试"，便可中进士，做官。举人叫做金门槛，很不容易跨进；一跨进之后，会试就很容易，因为人数很少，大都录取。但我的父亲考中的是最后一科，所以不得会试，没有官做，只得在家里设塾授徒，坐冷板凳了。这是后话。且说写报单的人回去之后，我家就举行"开贺"。房子狭窄，把灶头拆掉，全部粉饰，挂灯，结彩。附近各县知事，以及远近亲友都来贺喜，并送贺仪。这贺仪倒是一笔收入。有些人要"高攀"，特别送得重。客人进门时，外面放炮三声，里面乐人吹打。客人叩头，主人还礼。礼毕，请客吃"跑马桌"。跑马桌者，不拘什么时候，请他吃一桌酒。这样，免得大排筵席，倒是又简便又隆重的办法。开贺三天，祖母天天扶病下楼来看，病也似乎好了一点。父亲应酬辛劳，全靠鸦片借力。但祖母经过这番兴奋，终于病势日渐沉重起来。父亲连忙在祖坟上立旗杆。不多久，祖母病危了。弥留时问父亲"坟上旗杆立好了吗？"父亲回答："立好了。"祖母含笑而逝。于是开吊，出丧，又是一番闹热，不亚于开贺的时候。大家说："这老太太真好福气！"我还记得祖母躺在尸床上时，父亲拿一叠纸照在她紧闭的眼前，含泪说道："妈，我还没有把文章给你看过。"其声呜咽，闻者下泪。后来我知道，这是父亲考中举人的文章的稿子。那时已不用八股文而用策论，题目是《汉宣帝信赏必罚，综核名实论》和《唐太宗盟突厥于便桥，宋真宗盟契丹于澶州论》。

父亲三十六岁中举人，四十二岁就死于肺病。这五六年中，他的生活实在很寂寥。每天除授徒外，只是饮酒看书吸鸦片。他不吃肥肉，难得吃些极精的火腿。秋天爱吃蟹，向市上买了许多，养在缸里，每天晚酌吃一只。逢到七夕、中秋、重阳佳节，我们姐妹四五人也都得吃。下午放学后，他总在附近沈子庄开的鸦片馆里度过。晚酌后，在家吸鸦片，直到更深，再吃夜饭。我的三个姐姐陪着他吃。吃的是一个皮蛋，一碗冬菜。皮蛋切成三份，父亲吃一份，姐姐们分食两份。我年幼早睡，是没有资格参与的。父亲的生活不得不如此清苦。因为染坊店收入有限，束脩更为微薄，加上两爿大商店（油车、当铺）的"出官"①每年送一二百元外，别无进账。父亲自己过着清苦的生活，他的族人和亲戚却沾光不少。凡是同他并辈的亲族，都称老爷奶奶，下一辈的都称少爷小姐。利用这地位而作威作福的，颇不乏人。我是嫡派的少爷。常来当差的褚老五，带了我上街去，街上的人都起敬，糕店送我糕，果店送我果，总是满载而归。但这一点荣华也难久居，我九岁上，父亲死去，我们就变成孤儿寡妇之家了。

---

① "出官"，指商家借举人老爷之名而得到保障，因而付给的酬金。

五爹爹

五爹爹[1]是我的一个远房叔父，但因同住在一个老屋里，天天见面，所以很亲近。他姓丰，名铭，字云滨。子女甚多，但因无力抚养，送给别人的有三四个，家中只留二男二女。

五爹爹终身失意，而达观长寿，真是一个值得记录的人物。最初的失意是考秀才。科举时代，我们石门湾人，考秀才到嘉兴府，叫做小考，每年一次；考举人到杭州省城，叫做大考，三年一次。五爹爹从十来岁起，每年到嘉兴应小考，年年不第。直到三十多岁，方才考取，捞得一个秀才。闲人看见他年年考不

---

① 五爹爹，是按儿女们的称呼。作者家乡一带称爷爷为爹爹。

取，便揶揄他。有一年深秋雨夜，有一个闲人来哄他："五伯，秀才出榜了，你的名字写在前头呢。"五爹爹信以为真，立刻穿上钉鞋，撑了雨伞，到东高桥头去看。结果垂头丧气而归。后来好容易考取了。但他有自知之明，不再去应大考，以秀才终其身。地方上人都叫他"五相公"，他已经满意了。但秀才两字不好当饭吃，他只得设塾授徒。坐冷板凳是清苦生涯，七八个学生，每年送点修敬，为数有限，难于糊口。他的五妈妈非常能干，烧饭时将米先炒一下，涨性好些。青黄不接之时，常来向我母亲掇一借二。但总是如期归还，从不失信。真所谓秀才方正也。

后来，地方上人照顾他，给他在接待寺楼上办一个初等小学，向县政府请得相当的经费。他的进益就比设塾好得多了。然而学生多起来，一人教书来不及，势必另请人帮助，这就分了他的肥。物价年年上涨，经费决不增加。他的生活还是很清苦的。然而他很达观。每天散课后，在镇上闲步，东看西望，回家来与妻子评东说西，谈笑风生，自得其乐。上茶馆，出五个大钱泡一碗茶，吃了一会，叫茶博士"摆一摆"，等一会再来吃。第二次来时，带一把茶壶来，吃好之后将茶叶倒入壶中，回家去吃。

这时候我在杭州租了一间房子，在那里作寓公。五爹爹每逢寒假暑假，总是到我家来做客。他到杭州来住一两个月，只花一块银元，还用不了呢。因为他从石门湾步行到长安，从长安乘四等车到杭州，只须二角半，来回五角。到了杭州，当然不坐人力车，步行到我家。于是每天在杭州城里和西湖边上巡游，东看西望，回来向我们报告一天的见闻，花样自比石门湾丰富得多了。我欢迎他来，爱听他的报告。因为我不大出门，天天在家写作，晚上和他闲谈，作为消遣。他在杭州也上茶馆，也常"摆一摆"，但不带茶壶去，因为我家里有茶。有时他要远行，例如到六和塔、云栖等处去玩，不能回来吃中饭，他就买二只粽子，作为午饭。我叫人买几个烧饼，给他带去，于是连粽子钱也可以省了。

这样的生活，过了好几年。后来发生变化了。当

送他们上晚课来

小学教师收入太少，口食难度。亲友帮他起一个会，收得一笔钱，一部分安家，一部分带了到离乡数十里外的曲尺湾去跟一位名医潘申甫当学徒。医生收学徒是不取学费的，因为学生帮他工作。他只出些饭钱。学了两三年，回家挂招牌当医生。起初生意还好，颇有些收入。但此人太老实，不会做广告，以致后来生意日渐清淡，终于无人问津。他只得再当小学教师。幸而地方上人照顾他，仍请他办接待寺里初等小学。这是我父亲帮他忙。父亲是当地唯一的举人老爷，替他说话是有力的①。

五爹爹家里有二男二女。大男在羊毛行学生意，染上了一种习气，满师以后出外经商，有钱尽情使用，……生意失败了，钱用光了，就回家来吃父亲的老米饭。在外吸上等香烟，回家后就吸父亲的水烟筒，可谓能屈能伸。大女嫁附近富绅，遇人不淑，打官司，离婚，也来吃父亲的老米饭。后来托人介绍到上海走

---

① 从年代上看，作者父亲出力帮忙的可能是另一件事。

单帮，终于溺水而死。次男和次女都很像人。次男由我带到上海入艺术师范，毕业后到宁波当教师，每月收入四十元，大半寄家。五爹爹庆幸无限。但是不到一年，生了重病，由宁波送回家，不久一命呜呼。次女在本地当小学教师，收入也尚佳，全部交与父亲。岂知不到一年，也一病不起了。真是天道无知啊！

五爹爹一生如此辗轲失意，全靠达观，竟得长寿，享年八十六岁。他长寿的原因，我看主要是达观。但有人说是全靠吃大黄。他从小有痔疮病，大便出血。这出血是由于大便坚硬，擦破肛门之故。倘每天吃三四分大黄，则大便稀烂，不会擦破肛门而流血。而大黄的副作用是清补。五爹爹一生茹苦含辛，粗衣糠食，而得享长年，恐是常年服食大黄之力。

菊 林

　　我十三四岁在小学读书的时候，菊林是一个六岁的小和尚。如果此人现在活着而不还俗，则是一个六十多岁的老和尚了。

　　我们的西溪小学堂办在市梢的西竺庵里，借他们的祖师殿为校舍。我们入学，必须走进山门，通过大殿。因此和和尚们天天见面。西竺庵是个子孙庙，老和尚收徒弟，先进山门为大。菊林虽只六岁，却是先进山门，后来收的十三四岁的本诚，要叫他"师父"。这些小和尚，都是穷苦人家卖出来的，三块钱一岁。像菊林只能卖十八元。菊林年幼，生活全靠徒弟照管。"阿拉师父跌了一跤！"本诚抱他起来。"阿拉师父撒尿出了！"本诚替他换裤子。"阿拉师父困着了！"本

落日殘僧立寺橋
客船自載鐘聲去
子愷畫

客船自載钟声去

诚抱他到楼上去。

僧房的楼窗外挂着许多风肉。这些和尚都爱吃肉，而且堂堂皇皇地挂在窗口。他们除了做生意（即拜忏）时吃素之外，平日都吃荤。而且拜忏结束之时，最后一餐也吃荤。有一次我看见老和尚打菊林的屁股，为的是菊林偷肉吃。

西竺庵里常常拜忏，差不多每月举行一次，每次都有名目：大佛菩萨生日，观音菩萨生日，某祖师生日等等。届时邀请当地信佛的太太们来参加。太太们都很高兴，可以借佛游春。她们每人都送香金。富有的人家送的很重，贫家随缘乐助。每次拜忏，和尚的收入是可观的。和尚请太太们吃素斋，非常丰盛。太太们吃好之后，在碗底下放几个铜钱，叫做洗碗钱。菊林在这一天很出风头。他合掌向每位太太拜揖，口称"阿弥陀佛"。他的面孔像个皮球，声音喃喃呐呐，每个太太都怜爱他，给他糖果或铜板角子。她们调查这小和尚的身世，知道他一出世就父母双亡，阿哥阿嫂生活困难，把他卖做小和尚。菊林心地很好，每次拜忏的收入，铜板角子交给老和尚，糖果和他的徒弟分吃。

抗战胜利后我从重庆归来，去凭吊劫后的故乡，看见西竺庵一部分还在。我入内瞻眺，在廊柱石凳之间依稀仿佛地看见六岁的菊林向我合掌行礼。庵中的和尚不知去向，屋宇都被尘封。大概他们都在这浩劫中散而之四方矣。但不知菊林下落如何。

戒孝子和李居士

　　我先认识李居士，因李而认识戒孝子，所以要先从李说起。

　　李居士名荣祥，法名圆净，是广东一资本家的儿子。这资本家在上海开店铺，在狄思威路买地造屋，屋有几十幢，最后一幢自己住，其余放租。店和屋两项收入可观。李荣祥在复旦大学某系毕业，不就工作，一向在家信佛宏法，皈依当时有名的和尚印光法师。我的老师李叔同先生做了和尚，有一次云游到上海，要我陪着去拜访印光法师。文学家叶圣陶也去。弘一法师对印光法师行大礼，印光端坐不动，而且语言都像训词。叶圣陶曾写一篇《两法师》，文中赞叹弘一法师的谦恭，讥评印光法师的傲慢，说他"贪嗔痴未除"。我亦颇有同感。印光法师背后站着一个青年，恭恭敬敬地侍候印光，这人就是李圆净。后来他和我招呼，知道我正在和弘一法师合作《护生画集》，便把我认为道友，邀我到他家去坐。那时我住在江湾，到上海市内教课，进出必经他家门口，于是我就常到他家去坐。每次他请我吃牛乳和白塔面包，同时勉励我多作护生画，宣传吃素。我在他的督促之下，果然画了许多护生画，由弘一法师题诗，出版为护生画第一集。这时弘一法师五十岁。我作画五十幅，为他祝寿。约定再过十年，作六十幅，为他祝六十寿，是为第二集。直到第六集一百幅，为他祝百龄寿。这且不谈。

有一次我在李圆净家里遇见一个青年人，这人就是戎孝子。戎孝子名传耀，杭州人，在上海某佛教机关担任工作 —— 校经书。其人吃素信佛，态度和蔼可亲。后来李圆净为我叙述他认识这孝子的因缘，使我吃惊。

这李居士每年夏天，一定到杭州北高峰下面的韬

飞来白鸟似相识

光寺去避暑，过了夏天回上海。每天早上，他从客房的窗中望见有一个人，在几百级石埠上膝行而上，直到大殿前，跪着叩头，然后取了一服"仙方"，即香炉里的香灰，急忙下山而去。每天如此，风雨无阻。第二年夏天他再来避暑，又见此人如此上山。第三年亦复如是。李居士就出去招呼此人，问他求仙方何用，这才知道他叫戎传耀，住在城中，离此有十多里路，为了母亲患病，医药无效，因此每天步行到此，来求韬光大佛。孝感动天，他母亲服仙方后，病果然痊愈了。李居士知道他是这样的一个孝子，就同他订交，约他到上海来共同宏法。不久戎孝子便由李居士介绍，到某佛教机关工作，每月获得相当的薪水，足以养母。因此他认李居士为知己，热心地帮他做宏法事业。我的护生画的刊印，也靠他帮助。因此他和我也时常往来。后来他回杭州原籍，近况不明了。

且说李圆净这个人，生活颇不寻常。他患轻微的肺病，养生之道异常讲究。他出门借旅馆，必须拣僻静之处，连借三个房间，自己住中央一间，两旁两间都锁着。如此，晚上可以肃静无声，不致打扰他睡眠。他在莫干山脚上买一块地，造了一所房子。屋外有石级通下山。他上石级时，必须一男工托着他的背脊，一步一步地推他上去。有一次我去访他，见此状态甚为诧异，觉得此人真是行尸走肉。他见我注视，自己觉得不好意思，对我辩解说，他有肺病，不宜用力爬石级，所以如此。他的房间里的写字桌的抽斗，全部除去，我问他为何，他说这样可使房间里空气多些，可笑。他有一子一女，当时都还只十岁左右，有一时他请我的阿姐去当家庭教师，教这两孩子读古书。强迫他们午睡，非两点钟不得起身。两孩子不耐烦，躺在床里时时爬起来看钟，一到两点钟就飞奔出外去了。抗战军兴，他丢了这房子逃入租界。子女都已长大，……解放前夕，其妻带了一笔家产，和两个子女，逃往台湾。李圆净乘轮船赴崇明。半夜里跳入海中，往生西方极乐世界去了。他满望"不知所终"。岂知潮水倒流，把他的尸体冲到海滩上，被农民发见，在他身上找出"身份证",去报告他家族,而家中空无一人。正好戎孝子去看望他,就代他家族前往收尸。佛教居士李圆净一生如此结束。

王囡囡 [1]

　　每次读到鲁迅《故乡》中的闰土，便想起我的王囡囡。王囡囡是我家贴邻豆腐店里的小老板，是我童年时代的游钓伴侣。他名字叫复生，比我大一二岁，我叫他"复生哥哥"。那时他家里有一祖母，很能干，是当家人；一母亲，终年在家烧饭，足不出户；还有一"大伯"，是他们的豆腐店里的老司务，姓钟，人们称他为钟司务或钟老七。

　　祖母的丈夫名王殿英，行四，人们称这祖母为"殿英四娘娘"，叫得口顺，变成"定四娘娘"。母亲名庆珍，大家叫她"庆珍姑娘"。她的丈夫叫王三三，早

---

①　本篇曾收入《缘缘堂随笔集》（1983）。

年病死了。庆珍姑娘在丈夫死后十四个月生一个遗腹子，便是王囡囡。请邻近的绅士沈四相公取名字，取了"复生"。复生的相貌和钟司务非常相像。人都说："王囡囡口上加些小胡子，就是一个钟司务。"

钟司务在这豆腐店里的地位，和定四娘娘并驾齐驱，有时竟在其上。因为进货，用人，经商等事，他最熟悉，全靠他支配。因此他握着经济大权。他非常宠爱王囡囡，怕他死去，打一个银项圈挂在他的项颈里。市上凡有新的玩具，新的服饰，王囡囡一定首先享用，都是他大伯买给他的。我家开染坊店，同这豆腐店贴邻，生意清淡；我的父亲中举人后科举就废，在家坐私塾。我家经济远不及王囡囡家的富裕，因此王囡囡常把新的玩具送我，我感谢他。王囡囡项颈里戴一个银项圈，手里拿一支长枪，年幼的孩子和猫狗看见他都逃避。这神情宛如童年的闰土。

我从王囡囡学得种种玩艺。第一是钓鱼，他给我做钓竿，弯钓钩。拿饭粒装在钓钩上，在门前的小河里垂钓，可以钓得许多小鱼。活活地挖出肚肠，放进油锅里煎一下，拿来下饭，鲜美异常。其次是摆擂台。约几个小朋友到附近的姚家坟上去，王囡囡高踞在坟山上摆擂台，许多小朋友上去打，总是打他不下。一朝打下了，王囡囡就请大家吃花生米，每人一包。又次是放纸鸢。做纸鸢，他不擅长，要请教我。他出钱买纸，买绳，我出力糊纸鸢，糊好后到姚家坟去放。其次是缘树。姚家坟附近有一个坟，上有一株大树，枝叶繁茂，形似一顶阳伞。王囡囡能爬到顶上，我只能爬在低枝上。总之，王囡囡很会玩耍，一天到晚精神勃勃，兴高采烈。

有一天，我们到乡下去玩，有一个挑粪的农民，把粪桶碰了王囡囡的衣服。王囡囡骂他，他还骂一声"私生子！"王囡囡面孔涨得绯红，从此兴致大大地减低，常常皱眉头。有一天，定四娘娘叫一个关魂婆来替她已死的儿子王三三关魂。我去旁观。这关魂婆是一个中年妇人，肩上扛一把伞，伞上挂一块招牌，上写"捉牙虫算命"。她从王囡囡家后门进来。凡是这种人，总是在小巷里走，从来不走闹市大街。大约她

鮎魚飄蕩日當中

们知道自己的把戏鬼鬼祟祟，见不得人，只能骗骗愚夫愚妇。牙痛是老年人常有的事。那时没有牙医生，她们就利用这情况，说会"捉牙虫"。记得我有一个亲戚，有一天请一个婆子来捉牙虫。这婆子要小解了，走进厕所去。旁人偷偷地看看她的膏药，原来里面早已藏着许多小虫。婆子出来，把膏药贴在病人的脸上，过了一会，揭起来给病人看，"喏！你看：捉出了这许多虫，不会再痛了。"这证明她的捉牙虫全然是骗人。算命，关魂，更是骗人的勾当了。闲话少讲，且说定四娘娘叫关魂婆进来，坐在一只摇纱椅子①上。她先问："要叫啥人？"定四娘娘说："要叫我的儿子三三。"关魂婆打了三个呵欠，说："来了一个灵官，长面孔……"定四娘娘说"不是"。关魂婆又打呵欠，说："来了一个灵官……"定四娘娘说："是了，是我三三了。三三！你撇得我们好苦！"就一把鼻涕，一把眼泪地哭。后来对着庆珍姑娘说："喏，你这不争气

---

① 摇纱椅子，是作者家乡一带低矮的靠背竹椅，因妇女摇纱（纺纱）时常坐此椅而得名。

的婆娘，还不快快叩头！"这时庆珍姑娘正抱着她的第二个孩子（男，名掌生）喂奶，连忙跪在地上，孩子哭起来，王囡囡哭起来，棚里的驴子也叫起来。关魂婆又代王三三的鬼魂说了好些话，我大都听不懂。后来她又打一个呵欠，就醒了。定四娘娘给了她钱，她讨口茶吃了，出去了。

王囡囡渐渐大起来，和我渐渐疏远起来。后来我到杭州去上学了，就和他阔别。年假暑假回家时，听说王囡囡常要打他的娘。打过之后，第二天去买一支参来，煎了汤，定要娘吃。我在杭州学校毕业后，就到上海教书，到日本游学。抗日战争前一两年，我回到故乡，王囡囡有一次到我家里来，叫我"子恺先生"，本来是叫"慈弟"的。情况真同闰土一样。抗战时我逃往大后方，八九年后回乡，听说王囡囡已经死了，他家里的人不知去向了。而他儿时的游钓伴侣的我，以七十多岁的高龄，还残生在这娑婆世界上，为他写这篇随笔。

笔者曰：封建时代礼教杀人，不可胜数。王囡囡庶民之家，亦受其毒害。庆珍姑娘大可堂皇地再嫁与钟老七。但因礼教压迫，不得不隐忍忌讳，酿成家庭之不幸，冤哉枉也。

算 命 [①]

　　我从杭州回上海，在火车中遇见一位老友，钱美茗，是杭州第一师范中的同班同学，阔别多年，邂逅甚欢。他到上海后要换车赴南京，南京车要在夜半开行。我住在上海，便邀他到宝山路某馆子吃夜饭，以尽地主之谊。那时我皈依佛教，吃素。点了两素一荤，烫一斤酒，对酌谈心。各问毕业后情况，我言游学日本，归来在上海教书糊口，他说在杭州当了几年小学教师，读了数百种星命的书，认为极有道理，曾在杭州设帐算命，生意不坏，今将赴南京行道云云。我不相信算命，任他谈得天花乱坠，只是摇头。他说："你

----

　　① 本篇曾收入《缘缘堂随笔集》（1983）。

不相信吗？ 杭州许多事实，都证明我的算命有科学根据，百试不爽。"我回驳："单靠出生的年月日时，如何算得出他的命呢？ 世界上同年同月同日同时生的，不知几千万人。难道这几千万人命运都一样吗？"他回答："不是这么简单！ 地区有南北，时辰有早晚，环境有异同，都和命运有关，并不一概相同。"我姑妄听之。

酒兴浓时，他说要替我算命。我敬谢，他坚持。逼不得已，我姑且把生年月日时告诉他。他从怀中取出一本册子，翻了再翻，口中念念有词。最后向我宣称："你父母双亡，兄弟寥落。""对！""你财运不旺，难望富贵。""对！"最后他说："你今年三十五岁，阳寿还有五年。无论吃素修行，无法延寿。你须早作准备。""啊？""叨在老友，不怕忠言逆耳。"我起初吃惊，后来付之一笑。酒阑饭饱，我会了钞，与钱美茗分手。我在归家途中自思：此乃妄人，不足道也。我回家不提此事。

十多年后，抗日战争胜利，我从重庆回杭州，偶

小学时代的先生

居西湖之畔。其时钱美茗也在杭州，在城隍山上设柜算命，但生意清淡，生活艰窘，常常来我寓索酒食。有一次我问他："十多年前上海宝山路上某菜馆中你替我算命，还记得否？"他佯装记不起来。我说："你说我四十岁要死，现在我已活到五十二岁了。"他想了一想，问："那么你四十岁上有何事情？"我回答："日寇轰炸我故乡，我仓皇逃难，终于免死呀！"他拍案叫道："这叫做九死一生，替灾免晦，保你长命百岁。"我又付之一笑。吃江湖饭的能言善辩。

不久我离杭州。至今二十多年，不见钱美茗其人。不知今后得再见否耳。

老汁锅

　　吾乡有一老翁，人都称他为朱老太爷。此人家道富裕，而生活异常俭朴。家人除初二和十六得吃荤而外，平日只是吃素。他自己有一只老汁锅，平日吃剩的鱼、肉、鸡、鸭，一并倒在里面，每天放在炭火上烧沸。如此，即使夏天也不会坏。买些豆腐干，放入这老汁锅里一烧，便有鱼、肉、鸡、鸭之味。除了他的一个爱孙有时得尝老汁锅里的异味之外，别人一概不得问鼎。后来这朱老太爷死了。老汁锅取消了。家人替他做丧事，异常体面，向城中所有绅士征求挽诗。我的岳父徐芮荪先生，亦送一首挽诗。内有句云："宁使室人纷交谪，毋令吾口嗜肥鲜。而今公已骑鲸去，鸡豚祭酒罗灵前。何如生作老饕者，飞觞醉月开

到上海去的

琼筵。"

　　我的岳丈徐芮荪先生，性格和这位朱老太爷完全相反。朱家向他征求挽诗，直是讨骂。芮荪先生在乡当律师，一有收入，便偕老妻赴上海，杭州等处游玩，尽情享乐。有一时我在上海当教师，我妻在城东女学求学，经常分居。听到老夫妇来上海，非常高兴，我俩也来旅馆同居，陪两老一同游玩。我曾写一对联送我岳丈："观书到老眼如镜，论事惊人胆满躯。"并非面谀，却是纪实。可惜过分旷达，对子女养而不教。儿子靠父亲势力，获得职业。但世态炎凉，父亲一死，儿子即便失业，家境惨败，抗日战争期间，我带了岳母向大后方逃难，我的妻舅及其子女在沦陷区，都不免饥寒。

过　年

我幼时不知道阳历，只知道阴历。到了十二月十五，过年的空气开始浓重起来了。我们染坊店里三个染匠司务全是绍兴人，十二月十六日要回乡。十五日，店里办一桌酒，替他们送行。这是提早举办的年酒。商店旧例，年酒席上的一只全鸡，摆法大有道理：鸡头向着谁，谁要免职。所以上菜的时候，要特别当心。但我家的店规模很小，店里三个人，作场里三个人，一共只有六个人，这六个人极少有变动，所以这种顾虑极少。但母亲还是当心，上菜时关照仆人，必须把鸡头向着空位。

十六日，司务们一上去①，染缸封了，不再收货，

---

①　按作者家乡一带习惯，凡是去浙东各地，称为"上去"。

农民们此时也要过年，不再拿布出来染了。店里不须接生意，但是要算账。整个上午，农民们来店还账，应接不暇。下午，管账先生送进一包银元来，交母亲收藏。这半个月正是收获时期，一家一店许多人的生活都从这里开花。有的农民不来还账，须得下乡去收。所以必须另雇两个人去收账。他们早出晚归，有时拿了鸡或米回来。因为那农家付不出钱，将鸡或米来抵偿。年底往往阴雨，收账的人，拖泥带水回来，非常辛苦。所以每天的夜饭必须有酒有肉。学堂早已放年假，我空闲无事，上午总在店里帮忙，写"全收"簿子①。吃过中饭，管账先生拿全收簿子去一算，把算出来的总数同现款一对，两相符合，一天的工作便完成了。

从腊月二十日起，每天吃夜饭时光，街上叫"火烛小心"。一个人"蓬蓬"地敲着竹筒，口中高叫："寒天腊月！ 火烛小心！ 柴间灰堆！ 灶前灶后！ 前门闩

---

①　年底收账，账收回后，记在"全收"簿子上，表示已不欠账。

闩！后门关关！……"这声调有些凄惨。大家提高警惕。我家的贴邻是王囡囡豆腐店，豆腐店日夜烧砻糠，火烛更为可怕。然而大家都说不怕，因为明朝时光刘伯温曾在这一带地方造一条石门槛，保证这石门槛以内永无火灾。

廿三日晚上送灶，灶君菩萨每年上天约一星期，廿三夜上去，大年夜回来。这菩萨据说是天神派下来监视人家的，每家一个。大约就像政府委任官吏一般，不过人数（神数）更多。他们高踞在人家的灶山上，嗅取饭菜的香气。每逢初一、月半，必须点起香烛来拜他。廿三这一天，家家烧赤豆糯米饭，先盛一大碗供在灶君面前，然后全家来吃。吃过之后，黄昏时分，父亲穿了大礼服来灶前膜拜，跟着，我们大家跪拜。拜过之后，将灶君的神像从灶山上请下来，放进一顶灶轿里。这灶轿是白天从市上买来的，用红绿纸张糊成，两旁贴着一副对联，上写"上天奏善事，下界保平安"。我们拿些冬青柏子，插在灶轿两旁，再拿一串纸做的金元宝挂在轿上，又拿一点糖塌饼来，粘在灶君菩萨的嘴上。这样一来，他上去见了天神，粘嘴粘舌的，说话不清楚，免得把人家的恶事全盘说出。于是父亲恭恭敬敬地捧了灶轿，捧到大门外去烧化。烧化时必须抢出一只纸元宝，拿进来藏在橱里，预祝明年有真金元宝进门之意。送灶君上天之后，陈妈妈就烧菜给父亲下酒，说这酒菜味道一定很好，因为没有灶君先吸取其香气。父亲也笑着称赞酒菜好吃。我现在回想，他是假痴假呆、逢场作乐。因为他中了这末代举人，科举就废，不得伸展，蜗居在这穷乡僻壤的蓬门败屋中，无以自慰，唯有利用年中行事，聊资消遣，亦"四时佳兴与人同"之意耳。

　　廿三送灶之后，家中就忙着打年糕。这糯米年糕又大又韧，自己不会打，必须请一个男工来帮忙。这男工大都是陆阿二，又名五阿二。因为他姓陆，而他的父亲行五。两枕"当家年糕"，约有三尺长；此外许多较小的年糕，有二尺长的，有一尺长的；还有红糖年糕，白糖年糕。此外是元宝、百合、橘子等种种小摆设，这些都由母亲和姐姐们去做。我也洗了手去参

欢乐的恐怖

加，但总做不好，结果是自己吃了。姐姐们又做许多
小年糕，形式仿照大年糕，是预备廿七夜过年时拜小
年菩萨用的。

廿七夜过年，是个盛典。白天忙着烧祭品：猪头、
全鸡、大鱼、大肉，都是装大盘子的。吃过夜饭之后，
把两张八仙桌接起来，上面供设"六神牌"，前面围
着大红桌围，摆着巨大的锡制的香炉蜡台。桌上供着
许多祭品，两旁围着年糕。我们这厅屋是三家公用的，

我家居中，右边是五叔家，左边是嘉林哥家，三家同时祭起年菩萨来，屋子里灯火辉煌，香烟缭绕，气象好不繁华！三家比较起来，我家的供桌最为体面。何况我们还有小年菩萨，即在大桌旁边设两张茶几，也是接长的，也供一位小菩萨像，用小香炉蜡台，设小盆祭品，竟像是小人国里的过年。记得那时我所欣赏的，是"六神牌"和祭品盘上的红纸盖。这六神牌画得非常精美，一共六版，每版上画好几个菩萨，佛、观音、玉皇大帝、孔子、文昌帝君、魁星……都包括在内。平时折好了供在堂前，不许打开来看，这时候才展览了。祭品盘上的红纸盖，都是我的姑母剪的，"福禄寿喜"、"一品当朝"、"平升三级"等字，都剪出来，巧妙地嵌在里头。我那时只七八岁，就喜爱这些东西，这说明我对美术有缘。

绝大多数人家廿七夜过年。所以这晚上商店都开门，直到后半夜送神后才关门。我们约伴出门散步，买花炮。花炮种类繁多，我们所买的，不是两响头的炮仗和劈劈扒扒的鞭炮，而是雪炮、流星、金转银盘、水老鼠、万花筒等好看的花炮。其中万花筒最好看，然而价贵不易多得。买回去在天井里放，大可增加过年的喜气。我把一串鞭炮拆散来，一个一个地放。点着了火立刻拿一个罐头来罩住，"咚"的一声，连罐头也跳起来。我起初不敢拿在手里放。后来经乐生哥哥（关于此人另有专文）教导，竟胆敢拿在手里放了。两指轻轻捏住鞭炮的末端，一点上火，立刻把头旋向后面。渐渐老练了，即行若无事。

正在放花炮的时候，隔壁谭三姑娘……送万花筒来了。这谭三姑娘的丈夫谭福山，是开炮仗店的。年年过年，总是特制了万花筒来分送邻居，以供新年添兴之用。此时谭三姑娘打扮得花枝招展，声音好比莺啼燕语。厅堂里的空气忽然波动起来。如果真有年菩萨在尚飨，此时恐怕都"停杯投箸不能食"了。

夜半时分，父亲在旁边的半桌上饮酒，我们陪着他吃饭。直到后半夜，方才送神。我带着欢乐的疲倦躺在床上，钻进被窝里，蒙眬之中听见远近各处炮竹之声不绝，想见这时候石门湾的天空中，定有无数年菩萨餍足了酒肉，腾空驾雾归天去了。

"廿七、廿八活急杀，廿九、三十勿有拉①，初一、初二扮瞎客，你没铜钱我有拉②。"这是石门湾人形容某些债户的歌。年中拖欠的债，年底要来讨，所以到了廿七、廿八，便活急杀。到了廿九、三十，有的人逃往别处去避债，故曰勿有拉。但是有些人有钱不肯还债，要留着新年里自用。一到元旦，照例不准讨债，他便好公然地扮瞎客，而且慷慨得很。我家没有这种情形，但是总有人来借掇，也很受累。况且家事也忙得很：要掸灰尘，要祭祖宗，要送年礼。倘是月小，更加忙迫了。

年底这一天，是准备通夜不眠的。店里早已摆出风灯，插上岁烛。吃年夜饭时，把所有的碗筷都拿出来，预祝来年人丁兴旺。吃饭碗数，不可成单，必须成双。如果吃三碗，必须再盛一次，那怕盛一点点也好，总之要凑成双数。吃饭时母亲分送压岁钱，我得

① 勿有拉，作者家乡话，意即：不在这儿，不在家。
② 我有拉，作者家乡话，意即：我这儿有。

红烛青樽庆岁丰

的记得是四角，用红纸包好。我全部用以买花炮。吃过年夜饭，还有一出滑稽戏呢。这叫做"毛糙纸揩窋"。"窋"就是屁股。一个人拿一张糙纸，把另一人的嘴揩一揩。意思是说：你这嘴巴是屁股，你过去一年中所说的不祥的话，例如"要死"之类，都等于放屁。但是人都不愿被揩，尽量逃避。然而揩的人很调皮，出其不意，突如其来，哪怕你极小心的人，也总会被揩。有时其人出前门去了。大家就不提防他。岂知他绕个圈子，悄悄地从后门进来，终于被揩了去。此时笑声、喊声充满了一堂。过年的欢乐空气更加浓重了。

于是陈妈妈烧起火来放"泼留"。把糯米谷放进热镬子里，一只手用铲刀①搅拌，一只手用箬帽遮盖。那些糯谷受到热度，爆裂开来，若非用箬帽遮盖，势必纷纷落地，所以必须遮盖。放好之后，拿出来堆在桌子上，叫大家拣泼留。"泼留"两字应该怎样写，我实在想不出，这里不过照声音记录罢了。拣泼留，就

---

① 铲刀，指锅铲。

是把砻糠拣出，剩下纯粹的泼留，新年里客人来拜年，请他吃糖汤，放些泼留。我们小孩子也参加拣泼留，但是一面拣，一面吃。一粒糯米放成蚕豆来大，像朵梅花，又香又热，滋味实在好极了。

黄昏，渐渐有人提了灯笼来收账了。我们就忙着"吃串"。听来好像是"吃菜"。其实是把每一百铜钱的串头绳解下来，取出其中三四文，只剩九十六七文，或甚至九十二三文，当作一百文去还账。吃下来的"串"，归我们姐弟们作零用。我们用这些钱还账，但我们收来的账，也是吃过串的钱。店员经验丰富，一看就知道这是"九五串"，那是"九二串"的。你以伪来，我以伪去，大家不计较了。这里还得表明：那时没有钞票，只有银洋、铜板和铜钱。银洋一元等于三百个铜板，一个铜板等于十个铜钱。我那时母亲给我的零用钱，是每天一个铜板即十文铜钱。我用五文买一包花生，两文买两块油沸豆腐干，还有三文随意花用。

街上提着灯笼讨账的，络绎不绝。直到天色将晓，还有人提着灯笼急急忙忙地跑来跑去。这只灯笼是千万少不得的。提灯笼，表示还是大年夜，可以讨债；如果不提灯笼，那就是新年元旦，欠债的可以打你几记耳光，要你保他三年顺境。因为大年初一讨债是禁忌的。但这时候我家早已结账，关店，正在点起了香烛迎接灶君菩萨。此时通行吃接灶圆子。管账先生一面吃圆子，一面向我母亲报告账务。说到赢余，笑容满面。母亲照例额外送他十只银角子，给他"新年里吃青果茶"。他告别回去，我们也收拾，睡觉。但是睡不到二个钟头，又得起来，拜年的乡下客人已经来了。

年初一上午忙着招待拜年客人。街上挤满了穿新衣服的农民，男女老幼，熙熙攘攘，吃烧卖，上酒馆，买花纸（即年画），看戏法，到处拥挤，而最热闹的是赌摊。原来从初一到初四，这四天是不禁赌的。掷骰子，推牌九，还有打宝，一堆一堆的人，个个兴致勃勃，连警察也参加在内。下午，农民大都进去了，街卜较清，但赌摊还是闹热，有的通夜不收。

初二开始，镇上的亲友来往拜年。我父亲戴着红缨帽子，穿着外套，带着跟班出门。同时也有穿礼服的到我家拜年。如果不遇，留下一张红片子。父亲死后，母亲叫我也穿着礼服去拜年。我实在很不高兴。因为一个十一二岁的孩子穿大礼服上街，大家注目，有讥笑的，也有叹羡的，叫我非常难受。现在回想，母亲也是一片苦心。她不管科举已废，还希望我将来也中个举人，重振家声，所以把我如此打扮，聊以慰情。

正月初四，是新年最大的一个节日，因为这天晚上接财神。别的行事，如送灶、过年等，排场大小不定，有简单的，有丰盛的，都按家之有无。独有接财神，家家郑重其事，而且越是贫寒之家，排场越是体面。大约他们想：敬神丰盛，可以邀得神的恩宠，今后让他们发财。

接财神的形式，大致和过年相似，两张桌子接长来，供设六神牌，外加财神像，点起大红烛。但不先行礼，先由父亲穿了大礼服，拿了一股香，到下西弄的财神堂前行礼，三跪九叩，然后拿了香回来，插在香炉中，算是接得财神回来了。于是大家行礼。这晚上金吾放夜，市中各店通夜开门，大家接财神。所以要买东西，哪怕后半夜，也可以买得。父亲这晚上兴致特别好，饮酒过半，叫把谭三姑娘送的大万花筒放起来。这万花筒果然很大，每个共有三套。一枝火树银花低了，就有另一枝继续升起来，凡三次。谭福山做得真巧。……我们放大万花筒时，为要尽量增大它的利用率，邀请所有的邻居都出来看。作者谭福山也被邀在内。大家闻得这大万花筒是他作的，都向他看。……

初五以后，过年的事基本结束。但是拜年，吃年酒，酬谢往还，也很热闹。厨房里年菜很多，客人来了，搬出就是。但是到了正月半，也差不多吃完了。所以有一句话："拜年拜到正月半，烂溏鸡屎炒青菜。"我的父亲不爱吃肉，喜欢吃素，我们都看他样。所以我们家里，大年夜就烧好一大缸萝卜丝油豆腐，油很重，滋味很好。每餐盛出一碗来，放在锅子里一热，便是最好的饭菜。我至今还是忘不了这种好滋味。但叫家里人照烧起来，总不及童年时的好吃，怪哉！

正月十五，在古代是一个元宵佳节，然而赛灯之事，久已废止，只有市上卖些兔子灯、蝴蝶灯等，聊以应名而已。

二十日，染匠司务下来①，各店照常开门做生意，学堂也开学。过年的笔记也就全部结束。

---

① 按作者家乡一带习惯，从浙东来到浙西，称为"下来"。

清 明 [①]

清明例行扫墓。扫墓照理是悲哀的事。所以古人说:"鸦啼雀噪昏乔木,清明寒食谁家哭。"又说:"佳节清明桃李笑,野田荒冢只生愁。"然而在我幼时,清明扫墓是一件无上的乐事。人们借佛游春,我们是"借墓游春"。我父亲有八首《扫墓竹枝词》:

别却春风又一年,梨花似雪柳如烟。

家人预理上坟事,五日前头折纸钱。

风柔日丽艳阳天。老幼人人笑口开。

---

① 本篇曾收入《缘缘堂随笔集》(1983)。

三岁玉儿娇小甚，也教抱上画船来。

双双画桨荡轻波，一路春风笑语和。
望见坟前堤岸上，松阴更比去年多。

壶榼纷陈拜跪忙，闲来坐憩树阴凉。
村姑三五来窥看，中有谁家新嫁娘。

周围堤岸视桑麻，剪去枯藤只剩花。
更有儿童知算计，松球拾得去煎茶。

荆榛坡上试跻攀，极目云烟杳霭闲，
恰得村夫遥指处，如烟如雾是含山①。

纸灰扬起满林风，杯酒空浇奠已终。
却觅儿童归去也，红裳遥在菜花中。

————————————————

① 含山是我乡附近唯一的一个山，山上有塔。

解将锦缆趁斜晖，水上蜻蜓逐队飞。

赢受一番春色足，野花载得满船归。

这里的"三岁玉儿"，就是现在执笔写此文的七十老翁。我的小名叫做"慈玉"。

清明三天，我们每天都去上坟。第一天，寒食，下午上"杨庄坟"。杨庄坟离镇五六里路，水路不通，必须步行。老幼都不去，我七八岁就参加。茂生大伯挑了一担祭品走在前面，大家跟他走，一路上采桃花，偷新蚕豆，不亦乐乎。到了坟上，大家息足，茂生大伯到附近农家去，借一只桌子和两只条凳来，于是陈设祭品，依次跪拜。拜过之后，自由玩耍。有的吃甜麦塌饼①，有的吃粽子，有的拔蚕豆梗来作笛子。蚕豆梗是方形的，在上面摘几个洞，作为笛孔。然后再摘一段豌豆梗来，装在这笛的一端，笛便做成。指按

---

① 甜麦塌饼，作者故乡一带清明时节用米粉和麦芽做成的一种甜饼。

笛孔，口吹豌豆梗，发音竟也悠扬可听。可惜这种笛寿命不长。拿回家里，第二天就枯干，吹不响了。祭扫完毕，茂生大伯去还桌子凳子，照例送两个甜麦塌饼和一串粽子，作为酬谢。然后诸人一同在夕阳中回去。杨庄坟上只有一株大松树，临着一个池塘。父亲说这叫做"美人照镜"。现在，几十年不去，不知美人是否还在照镜。闭上眼睛，情景宛在目前。

正清明那天，上"大家坟"。这就是去上同族公共的祖坟。坟共有五六处，须用两只船，整整上一天。同族共有五家，轮流作主。白天上坟，晚上吃上坟酒。这笔费用由祭田开销。祖宗们心计长，恐怕子孙不肖，上不起坟，叫他们变成饿鬼。因此特置几亩祭田，租给农民。轮到谁家主持上坟，由谁家收租。雇船办酒之外，费用总有余裕。因此大家高兴作主。而小孩子尤其高兴，因为可以整天在乡下游玩，在草地上吃午饭。船里烧出来的饭菜，滋味特别好。因为，据老人们说，家里有灶君菩萨，把饭菜的好滋味先尝了去，而船里没有灶君菩萨，所以船里烧出来的饭菜

清明小景

滋味特别好。孩子们还有一件乐事，是抢鸡蛋吃。每到一个坟上，除对祖宗的一桌祭品以外，必定还有一只小匾，内设小鱼、小肉、鸡蛋、酒和香烛，是请地主吃的，叫做拜坟墓土地。孩子们中，谁先向坟墓土地叩头，谁先抢得鸡蛋。我难得抢到，觉得这鸡蛋的确比平常的好吃。上了一天坟回来，晚上是吃上坟酒。酒有四五桌，因为出嫁姑娘也都来吃。吃酒时，长辈总要训斥小辈，被训斥的，主要是乐谦、乐生和月生。因为乐谦盗卖坟树，乐生、月生作恶为非，上坟往往不到而吃上坟酒必到。

第三天上私房坟。我家的私房坟，又称为旗杆坟。去上的就是我们一家人，父母和我们姐弟数人。吃了早中饭，雇一只客船，慢吞吞地荡去。水路五六里，不久就到。祭扫期间，附近三竺庵里的和尚来问讯，送我们些春笋。我们也到这庵里去玩，看见竹林很大，身入其中，不见天日。我们终年住在那市井尘嚣中的低小狭窄的百年老屋里，一朝来到乡村田野，感觉异常新鲜，心情特别快适，好似遨游五湖四海。因此我们把清明扫墓当作无上的乐事。我的父亲孜孜兀兀地在穷乡僻壤的蓬门败屋之中度过短促的一生，我想起了感到无限的同情。

吃 酒 [1]

　　酒，应该说饮，或喝。然而我们南方人都叫吃。古诗中有"吃茶"，那么酒也不妨称吃。说起吃酒，我忘不了下述几种情境：

　　二十多岁时，我在日本结识了一个留学生，崇明人黄涵秋。此人爱吃酒，富有闲情逸致。我二人常常共饮。有一天风和日暖，我们乘小火车到江之岛去游玩。这岛临海的一面，有一片平地，芳草如茵，柳荫如盖，中间设着许多矮榻，榻上铺着红毡毯，和环境作成强烈的对比。我们两人踞坐一榻，就有束红带的女子来招待。"两瓶正宗，两个壶烧。"正宗是日

----

　　①　本篇曾收入《缘缘堂随笔集》（1983）。

本的黄酒，色香味都不亚于绍兴酒。壶烧是这里的名菜，日本名叫 tsuboyaki，是一种大螺蛳，名叫荣螺（sazae），约有拳头来大，壳上生许多刺，把刺修整一下，可以摆平，像三足鼎一样。把这大螺蛳烧杀，取出肉来切碎，再放进去，加入酱油等调味品，煮熟，就用这壳作为器皿，请客人吃。这器皿像一把壶，所以名为壶烧。其味甚鲜，确是侑酒佳品。用的筷子更佳：这双筷用纸袋套好，纸袋上印着"消毒割箸"四个字，袋上又插着一个牙签，预备吃过之后用的。从纸袋中拔出筷来，但见一半已割裂，一半还连接，让客人自己去裂开来。这木头是消毒过的，而且没有人用过，所以用时心地非常快适。用后就丢弃，价廉并不可惜。我赞美这种筷，认为是世界上最进步的用品。西洋人用刀叉，太笨重，要洗过方能再用；国人用竹筷，也是洗过再用，很不卫生，即使是象牙筷也不卫生。日本人的消毒割箸，就同牙签一样，只用一次，真乃一大发明。他们还有一种牙刷，非常简单，到处杂货店发卖，价钱很便宜，也是只用一次就丢弃的。

于此可见日本人很有小聪明。且说我和老黄在江之岛吃壶烧酒，三杯入口，万虑皆消。海鸟长鸣，天风振袖。但觉心旷神怡，仿佛身在仙境。老黄爱调笑，看见年青侍女，就和她搭讪，问年纪，问家乡，引起她身世之感，使她掉下泪来。于是临走多给小帐，约定何日重来。我们又仿佛身在小说中了。

又有一种情境，也忘不了。吃酒的对手还是老黄，地点却在上海城隍庙里。这里有一家素菜馆，叫做春风松月楼，百年老店，名闻遐迩。我和老黄都在上海当教师，每逢闲暇，便相约去吃素酒。我们的吃法很经济：两斤酒，两碗"过浇面"，一碗冬菇，一碗十景。所谓过浇，就是浇头不浇在面上，而另盛在碗里，作为酒菜。等到酒吃好了，才要面底子来当饭吃。人们叫别了，常喊作"过桥面"。这里的冬菇非常肥鲜，十景也非常入味。浇头的分量不少，下酒之后，还有剩余，可以浇在面上。我们常常去吃，后来那堂倌熟悉了，看见我们进去，就叫"过桥客人来了，请坐请坐！"现在，老黄早已作古，这素菜馆也改头换面，

相对忘贫

不可复识了。

　　另有一种情境，则见于患难之中。那年日本侵略中国，石门湾沦陷，我们一家老幼九人逃到杭州，转桐庐，在城外河头上租屋而居。那屋主姓盛，兄弟四人。我们租住老三的屋子，隔壁就是老大，名叫宝函。他有一个孙子，名叫贞谦，约十七八岁，酷爱读书，常常来向我请教问题，因此宝函也和我要好，常常邀我到他家去坐。这老翁年约六十多岁，身体很健康，常常坐在一只小桌旁边的圆鼓凳上。我一到，他就请我坐在他对面的椅子上，站起身来，揭开鼓凳的盖，拿出一把大酒壶来，在桌上的杯子里满满地斟了两盅；又向鼓凳里摸出一把花生米来，就和我对酌。他的鼓凳里装着棉絮，酒壶裹在棉絮里，可以保暖，斟出来的两碗黄酒，热气腾腾。酒是自家酿的，色香味都上等。我们就用花生米下酒，一面闲谈。谈的大都是关于他的孙子贞谦的事。他只有这孙子，很疼爱他。说"这小人一天到晚望书，身体不好……"望书即看书，是桐庐土白。我用空话安慰他，骗他酒吃。骗得太多，不好意思，我准备后来报谢他。但我们住在河头上不到一个月，杭州沦陷，我们匆匆离去，终于没有报谢他的酒惠。现在，这老翁不知是否在世，贞谦已入中年，情况不得而知。

最后一种情境，见于杭州西湖之畔。那时我僦居在里西湖招贤寺隔壁的小平屋里，对门就是孤山，所以朋友送我一副对联，叫做"居邻葛岭招贤寺，门对孤山放鹤亭"。家居多暇，则闲坐在湖边的石凳上，欣赏湖光山色。每见一中年男子，蹲在岸上，向湖边垂钓。他钓的不是鱼，而是虾。钓钩上装一粒饭米，挂在岸石边。一会儿拉起线来，就有很大的一只虾。其人把它关在一个瓶子里。于是再装上饭米，挂下去钓。钓得了三四只大虾，他就把瓶子藏入藤篮里，起身走了。我问他："何不再钓几只？"他笑着回答说："下酒够了。"我跟他去，见他走进岳坟旁边的一家酒店里，拣一座头坐下了。我就在他旁边的桌上坐下，叫酒保来一斤酒，一盆花生米。他也叫一斤酒，却不叫菜，取出瓶子来，用钓丝缚住了这三四只虾，拿到酒保烫酒的开水里去一浸，不久取出，虾已经变成红色了。他向酒保要一小碟酱油，就用虾下酒。我看他吃菜很省，一只虾要吃很久，由此可知此人是个酒徒。

此人常到我家门前的岸边来钓虾。我被他引起酒兴，也常跟他到岳坟去吃酒。彼此相熟了，但不问姓名。我们都独酌无伴，就相与交谈。他知道我住在这里，问我何不钓虾。我说我不爱此物。他就向我劝诱，尽力宣扬虾的滋味鲜美，营养丰富。又教我钓虾的窍门。他说："虾这东西，爱躲在湖岸石边。你倘到湖心去钓，是永远钓不着的。这东西爱吃饭粒和蚯蚓。但蚯蚓龌龊，它吃了，你就吃它，等于你吃蚯蚓。所以我总用饭粒。你看，它现在死了，还抱着饭粒呢。"他提起一只大虾来给我看，我果然看见那虾还抱着半粒饭。他继续说："这东西比鱼好得多。鱼，你钓了来，要剖，要洗，要用油盐酱醋来烧，多少麻烦。这虾就便当得多：只要到开水里一煮，就好吃了。不须花钱，而且新鲜得很。"他这钓虾论讲得头头是道，我真心赞叹。

　　这钓虾人常来我家门前钓虾，我也好几次跟他到岳坟吃酒，彼此熟识了，然而不曾通过姓名。有一次，夏天，我带了扇子去吃酒。他借看我的扇子，看到了我的名字，吃惊地叫道："啊！我有眼不识泰山！"于是叙述他曾经读过我的随笔和漫画，说了许多仰慕的话。我也请教他姓名，知道他姓朱，名字现已忘记，是在湖滨旅馆门口摆刻字摊的。下午收了摊，常到里西湖来钓虾吃酒。此人自得其乐，甚可赞佩。

　　可惜不久我就离开杭州，远游他方，不再遇见这钓虾的酒徒了。

　　写这篇琐记时，我久病初愈，酒戒又开。回想上述情景，酒兴顿添。正是"昔年多病厌芳樽，今日芳樽唯恐浅"。

砒素惨案

我在杭州浙江省立第一师范毕业后，不久就到东京游学。有一天在报纸上看到，中国杭州师范学校发生惨案，砒霜毒死了二十四个人。这是我的母校，我闻讯大为吃惊。旅舍里住的大都是中国人，有几个还是杭州人，大家互相传告，议论纷纷。外国报纸上都登载，可见这是一件世界性的奇案。但当时从日本报上看到的只是简讯，后来我才知道详情，记述如下：

我毕业那年，考进来一班新生，其中有个诸暨人，或嵊县人，记不清了。叫做俞章法。我是五年级生，他是一年级生，同学只有一年，不很熟悉，但记得此人个子很高，头上有很多癞疮疤，但身体极好，是个

必修科

运动选手。他又很会办事，不久就当了校友会干事。我校共有五六百个学生，每学期每人缴校友会费一元，作为学期中旅行游乐之用。校友会干事有好几个人，而俞章法是管银钱的。他大概想吞没这五六百块钱，或者是赌输了还不出来，便想出一个最下的下策来：把这批人弄死，就没有人来追究这笔钱了。怎样弄死法呢？他想起了化学药品室里的一瓶砒素。王更三先生上化学课时，曾经拿出这瓶砒素来给学生看，说是猛烈的毒药，一瓢可以药死一千个人。我在学时也曾听见王先生这话。化学药品室是经常锁闭的，但俞章法有一个钥匙，可以开门进去。因为他是运动选手，每天下午课毕，到操场上去运动时，身上须擦酒精。这酒精就由俞章法去拿。有一天他乘拿酒精之便，偷取了一瓢砒素。星期六下午，他到厨房里去找两个烧饭司务，给他们每人五元钱，悄悄地叮嘱他们："烧饭时把这包白药放进米里。这不会杀人，不过叫他们昏睡一下，就醒过来的。"（这话是后来烧饭司务招供出来的。）烧饭司务眼光浅，看见五块钱，就遵命行事。

我校每星期六吃过中饭就放假，即每星期放一天半假。家在杭州的，或在杭州有亲戚的，大都不在学校吃夜饭。所以星期六晚上，饭厅里疏朗朗的。俞章法为什么选取这一天下毒？我想不通。难道是发慈悲心，要少杀几个人吗？且说这一天吃夜饭时，刚吃一半，就有人呕吐起来，接着，大多数的人都呕吐，躺倒在地。哭声喊声，充满了饭厅。也有些没有中毒的人，大概是烧饭司务下毒不均匀，他们吃的饭正好没有含毒。这些人就出去大喊地方救命。当夜，杭州全城的医生都来到，用吐剂，施手术，忙了一晚，结果有二十四人无法挽救，死于非命。其中二十三个是学生，都是我毕业后才考进来的，我都不认识，另一个是校工，名叫郑宝，是专管理化教室的。王更三先生上理化课，逢到要实验时，必须叫郑宝来帮助。因为此人经验丰富，王先生不及他。校工本来要等学生吃过之后才开饭的。这一晚郑宝有事要出门，一个人在厨房里先吃了。不料中毒甚深，当夜一命呜呼。

次日一部分人进医院疗养，二十四个棺材排队出门。此事轰动杭州全城，观者拥挤，门庭若市。消息传遍全国，远及日本东京。于是追究罪犯，首先在厨房里捉出两个烧饭司务，根据他们招供，确定主犯是俞章法。但俞早已在逃。好几个便衣警察在各处轮船火车上留意侦察，过了很多日子以后，才在某处火车中捉到。据说俞章法上火车时戴黑眼镜，到了火车里就把眼镜除去，又换上一个帽子。原来他是癞头，热天也必须戴帽子。这就露了马脚，当场被警察抓去。据他招供，才知下的毒是砒素，为了亏空了校友会费，因而下此毒手。后来坐绞刑，以一命抵廿四命，着实便宜了他。记得我有一个小同乡叫徐乃昌的，也是师范学生，因为他外婆家在杭州，那天他到外婆家吃夜饭，没有吃砒素饭，不胜庆幸。但此人后来做了恶霸地主，就地正法，死得不比吃砒素漂亮。

三大学生惨案

　　杭州乃世界有名的风景区，而惨案特别多，使我想不通。也许人世间到处都如此，我不知道罢了。

　　抗战前，哪一年记不清了。我在杭州城内田家园作寓公，常到马一浮先生家访问，在他那里认识一位中医，名谢寿田，其人酷爱书法，收藏名砚，真是一位儒医。他有一个侄儿叫谢起凤，便是杀人的三大学生之一。谢起凤从小没有父母，是叔父谢寿田抚养大来的。这个大逆不道的侄儿，使谢寿田气得不知所措。我很同情他，曾几次前去慰问。幸而他没有受累。

　　三大学生都是浙江大学的学生。其他两人的姓名我忘记了。他们的杀人是为了谋财。杭州有一家大银行，每天派一个送款员背了一大包钞票，到各处递送

某事件

外埠汇来的款项。三大学生看中了这个送款员。他们看清了送款员必经之路，在最接近银行的地方租一所房子。叫两个泥水匠来粉饰门面，装作要久住的样子。于是，由一人到附近外埠去汇出一百块钱，汇到这屋子里，假造一个取款人姓名。估计这一百块钱汇到的时候，便严阵以待：一个人在大门口等候，看见送款人来了，就叫他到里面去交款盖章。送款人走进里面，看见房门开着，里面一个人坐着，请他进来。送款人跨进门槛，另一个人站在凳上，砍下一斧头来，送款人脑破血流，立刻致命。于是三人关起大门，合力把尸体扛到后院，丢在一个枯井里。然后没收了他包内的款项，到谢起凤家里去分赃。分过之后，携款逃往外埠去了。

　　送款人久不回来，银行里的人起疑心了。这种人是有妥保的，不会携款潜逃，那么一定出事情了。挨户查问，第一第二家款已收到，但第三家空无一人，入内探看，但见地上血迹，找到枯井里，发现了送款人的尸体。于是报官查究。法警侦探来了，验明尸体，但凶手何在，一时无从查起。那一百元的取款人，显然是假姓名；即使真有其人，也已不知去向了。这地方又很偏僻，四无邻居，难于查究。但侦探毕竟有办法，看见门口新加粉饰，一定请过泥水匠。便到附近找寻，果然找到两个泥水匠，说曾到此屋工作，看到内有三个小伙子，面貌约略记得。于是任用了这两个泥水匠，叫他们跟着法警寻找凶手，每日照样给他们工资。不知找了多久，果在某处找到了一人。由此人招出其余二人，三个凶手全部缉获。不久以前，万松林发生绑票撕票案，凶手尚未缉获。此时这三人招供，这事也是他们干的。他们绑走了一富家孩子，要拿五千元去赎。富家如数送款，岂知孩子早已被勒死在万松林中。江洋大盗设计绑票，是有规矩的：不送款则撕票；送款者决不撕票。这叫做"盗亦有道"。这三个大学生盗而无道，真乃盗中之盗，后来都处绞刑。我曾在报纸上看到他们的招供文，巧言谀词，哀求饶命，可谓无耻之尤，真乃死有余辜。

陶刘惨案

抗日战争结束，我携眷从重庆回到上海。家乡房屋都已烧光，上海房子昂贵，只得暂时在杭州招贤寺借住。就有人来劝我买一所房子，地点在断桥下面，保俶塔后面，围墙内一亩多地，两所房屋，买价很便宜，记得好像是一千五百万元，那时通货膨胀，究竟值得多少，记不清了。我一听到这所房子，就知道是许钦文的产业，是发生过一件惨案的。姑且去看看，回想那件惨案觉得阴气森森，汗毛凛凛。家人都不赞成买此屋，就回绝了。另在招贤寺附近租屋而居。

这件惨案发生在抗日战争前几年。我在上海艺术师范当教师时，有一个学生名叫陶元庆的，绍兴人，生得娇小玲珑，像个姑娘。他的画很有特色，鲁迅十分赏识他，把自己的小说《彷徨》，《呐喊》都请他画封面，又替他的个人画展作序言，都载在《鲁迅全集》中。我在江湾立达学园办美术科时，请陶元庆来当教师，他就住宿在校里。他有一个妹妹，叫陶思堇，就叫她到立达美术科来当学生。这妹妹身材比哥哥长大，肤色雪白，可惜鼻子稍有些塌。陶元庆有一个好朋友，叫许钦文，也是绍兴人，是有名的文学家，我久闻其名，不曾见过。他常从杭州到江湾来看望陶元庆，就宿在他房中。我因此认识了许钦文。此君貌不惊人，态度和蔼可亲。他在杭州当教师，生活裕如，却年逾而立，尚未娶妻，是个单身汉。他每次来望陶元庆，总是送他些东西，都是生发油，雪花膏，手帕，花露水之类，似乎真个把他当作女人，我心中纳罕。

后来，立达经费困难，美术科停办了。一批未毕业的学生和几位教师，由我写信给杭州西湖艺专的校长林风眠，要求他收留。林一口答允，并希望我也去。我辞谢了，但把学生及教师陶元庆、黄涵秋送去。于是，陶元庆和陶思莫都迁到了杭州。不久，陶元庆患伤寒症死了。许钦文悼念他，为他在西湖上营葬，叫我写墓碑。又在保俶山后面买一块地，造一个"元庆纪念室"，旁边又造两间小屋及浴室厕所厨房。他是独生的，雇用一个老妈子。陶思莫住宿在校中，常到她哥哥的纪念室去玩，后来，索性迁住在纪念室旁边的小屋里，并且邀请一个要好的女同学名叫刘梦莹的来同住。这姓刘的我不曾见过，但听说长得花容月貌，比陶漂亮得多。陶邀这朋友来同住，也合乎情理。因为许是单身汉，和她两人同居，不免嫌疑。于是，许钦文独居纪念室，两位小姐住在相隔一片草地的小屋里。早上，两人打扮得齐齐整整，双双出门，行过断桥，穿过桃红柳绿的白堤，到平湖秋月对面的艺术学府里去学歌学舞，学画学琴，趁着夕阳双双回家。这模样竟可列入西湖十景中。可惜好景不长，不久祸起萧墙了。

阶下弓刀

许钦文出门去了。这一天大约是假日，两位小姐不去上学。陶思堇派老妈子到湖滨去买东西了。刘梦莹到浴室洗澡。洗好后，披着浴巾退出来的时候，陶思堇拿着一把刀等在门口，向她后颈上猛力砍了一刀。刘负痛跳出，陶持刀追出，两人在草地上追逐，刘终于力弱，被陶连砍十余刀，倒在青草地上的血泊中了。陶回进房间，吞了一瓶不知什么毒药水，也倒在床上了。

老妈子买东西回来，敲门不开。向邻家借了梯子，爬到墙上去看，大吃一惊。就有胆大的人爬进院子里去，开了大门。我现在闭目想象这院子里的光景，真是动人：碧绿的草地，雪白的裸体，绯红的血泊——印象派绘画没有这般鲜明！

官警到场勘验结果，刘梦莹身中十八刀已死，陶思堇服毒自杀未遂。于是一面收尸，一面拘捕陶思堇详加审讯。据说她假装疯狂，不记得杀人之事。案情迁延不决。许钦文犯重大嫌疑，亦被拘捕，后来释放了，曾写一篇"无妻之累"发表在某报纸上。不久，抗战军兴，杭州牢狱解散，陶思堇嫁给了审讯她的法官。真乃奇闻怪事。其他情况我不知道了。

旧上海 [1]

　　所谓旧上海，是指抗日战争以前的上海。那时上海除闸北和南市之外，都是租界。洋泾浜（爱多亚路，即今延安路）以北是英租界，以南是法租界，虹口一带是日租界。租界上有好几路电车，都是外国人办的。中国人办的只有南市一路，绕城墙走，叫做华商电车。租界上乘电车，要懂得窍门，否则就被弄得莫名其妙。卖票人要揩油，其方法是这样：譬如你要乘五站路，上车时给卖票人五分钱，他收了钱，暂时不给你票。等到过了两站，才给你一张三分的票，关照你："第三站上车！"初次乘电车的人就莫名其妙，心想：我明

<hr />

① 　本篇曾收入《缘缘堂随笔集》（1983）。

买路钱

明是第一站上车的，你怎么说我第三站上车？原来他已经揩了两分钱的油。如果你向他论理，他就堂皇地说："大家是中国人，不要让利权外溢呀！"他用此法揩油，眼睛不绝地望着车窗外，看有无查票人上来。因为一经查出，一分钱要罚一百分。他们称查票人为"赤佬"。赤佬也是中国人，但是忠于洋商的。他查出一卖票人揩油，立刻记录了他帽子上的号码，回厂去扣他的工资。有一乡亲初次到上海，有一天我陪她乘电车，买五分钱票子，只给两分钱的。正好一个赤佬上车，问这乡亲哪里上车的，她直说出来，卖票人向她眨眼睛。她又说："你在眨眼睛！"赤佬听见了，就抄了卖票人帽上的号码。

那时候上海没有三轮车，只有黄包车。黄包车只能坐一人，由车夫拉着步行，和从前的抬轿相似。黄包车有"大英照会"和"小照会"两种。小照会的只能在中国地界行走，不得进租界。大英照会的则可在全上海自由通行。这种工人实在是最苦的。因为略犯交通规则，就要吃路警殴打。英租界的路警都是印度人，红布包头，人都喊他们"红头阿三"。法租界的都是安南人，头戴笠子。这些都是黄包车夫的对头，常常给黄包车夫吃"外国火腿"和"五枝雪茄烟"，就是踢一脚，一个耳光。外国人喝醉了酒开汽车，横冲直撞，不顾一切。最吃苦的是黄包车夫。因为他负担重，不易趋避，往往被汽车撞倒。我曾亲眼看见过外国人汽车撞杀黄包车夫，从此不敢在租界上坐黄包车。

旧上海社会生活之险恶，是到处闻名的。我没有到过上海之前，就听人说：上海"打呵欠割舌头"。就是说，你张开嘴巴来打个呵欠，舌头就被人割去。这是极言社会上坏人之多，非万分提高警惕不可。我曾经听人说：有一人在马路上走，看见一个三四岁的孩子跌了一跤，没人照管，哇哇地哭。此人良心很好，连忙扶他起来，替他揩眼泪，问他家在哪里，想送他回去。忽然一个女人走来，搂住孩子，在他手上一摸，说："你的金百锁哪里去了？"就拉住那人，咬定是他偷的，定要他赔偿。……是否真有此事，不得而知。总之，人心之险恶可想而知。

扒手是上海的名产。电车中，马路上，到处可以看到"谨防扒手"的标语。住在乡下的人大意惯了，初到上海，往往被扒。我也有一次几乎被扒：我带了两个孩子，在霞飞路阿尔培路口（即今淮海中路陕西南路口）等电车，先向烟纸店兑一块钱，钱包里有一叠钞票露了白。电车到了，我把两个孩子先推上车，自己跟着上去，忽觉一只手伸入了我的衣袋里。我用手臂夹住这只手，那人就被我拖上车子。我连忙向车子里面走，坐了下来，不敢回头去看。电车一到站，此人立刻下车，我偷眼一看，但见其人满脸横肉，迅速地挤入人丛中，不见了。我这种对付办法，是老上海的人教我的：你碰到扒手，但求避免损失，切不可注意看他。否则，他以为你要捉他，定要请你"吃生活"，即跟住你，把你打一顿，或请你吃一刀。我住在上海多年，只受过这一次虚惊，不曾损失。有一次，和一朋友坐黄包车在南京路上走，忽然弄堂里走出一个人来，把这朋友的铜盆帽①抢走。这朋友喊停车捉贼，那贼早已不知去向了。这顶帽子是新买的，值好几块钱呢。又有一次，冬天，一个朋友从乡下出来，寄住在我们学校里。有一天晚上，他看戏回来，身上的皮袍子和丝绵袄都没有了，冻得要死。这叫做"剥猪猡"。那抢帽子叫做"抛顶宫"。

妓女是上海的又一名产。我不曾嫖过妓女，详情全然不知，但听说妓女有"长三"、"幺二"、"野鸡"等类。长三是高等的，野鸡是下等的。她们都集中在四马路一带。门口挂着玻璃灯，上面写着"林黛玉"、"薛宝钗"等字。野鸡则由鸨母伴着，到马路上来拉客。四马路西藏路一带，傍晚时光，野鸡成群而出，站在马路旁边，物色行人。她们拉住了一个客人，拉进门去，定要他住宿；如果客人不肯住，只要摸出一块钱来送她，她就放你。这叫做"两脚进门，一块出袋"。我想见识见识，有一天傍晚约了三四个朋友，成群结

---

① 作者家乡的人称礼帽为铜盆帽。

队，走到西藏路口，但见那些野鸡，油头粉面，奇装异服，向人撒娇卖俏，竟是一群魑魅魍魉，教人害怕。然而竟有那些逐臭之夫，愿意被拉进去度夜。这叫做"打野鸡"。有一次，我在四马路上走，耳边听见轻轻的声音："阿拉姑娘自家身体，自家房子……"回头一看，是一个男子。我快步逃避，他也不追赶。据说这种男子叫做"王八"，是替妓女服务的，但不知是哪一种妓女。总之，四马路是妓女的世界。洁身自好的人，最好不要去。但到四马路青莲阁去吃茶看妓女，倒是安全的。她们都有老鸨伴着，走上楼来，看见有女客陪着吃茶的，白她一眼，表示醋意；看见单身男子坐着吃茶，就去奉陪，同他说长道短，目的是拉生意。

上海的游戏场，又是一种乌烟瘴气的地方。当时上海有四个游戏场，大的两个：大世界、新世界；小的两个：花世界、小世界。大世界最为著名。出两角钱买一张门票，就可从正午玩到夜半。一进门就是"哈哈镜"，许多凹凸不平的镜子，照见人的身体，有时长得像丝瓜，有时扁得像螃蟹，有时头脚颠倒，有时左右分裂……没有一人不哈哈大笑。里面花样繁多：有京剧场、越剧场、沪剧场、评弹场……有放电影，变戏法，转大轮盘，坐飞船，摸彩，猜谜，还有各种饮食店，还有屋顶花园。总之，应有尽有。乡下出来的人，把游戏场看作桃源仙境。我曾经进去玩过几次，但是后来不敢再去了。为的是怕热手巾①。这里面到处有拴着白围裙的人，手里托着一个大盘子，盘子里盛着许多绞紧的热手巾，逢人送一个，硬要他揩，揩过之后，收他一个铜板。有的人拿了这热手巾，先擤一下鼻涕，然后揩面孔，揩项颈，揩上身，然后挖开裤带来揩腰部，恨不得连屁股也揩到。他尽量地利用了这一个铜板。那人收回揩过的手巾，丢在一只桶里，用热水一冲，再绞起来，盛在盘子里，再去到处分送，换取铜板。这些热手巾里含有众人的鼻涕、眼污、唾沫和汗水，仿佛复合维生素。我努力避免热手巾，然

① 热手巾，即热毛巾。

而不行。因为到处都有，走廊里也有，屋顶花园里也有。不得已时，我就送他一个铜板，快步逃开。这热手巾使我不敢再进游戏场去。我由此联想到西湖上庄子里的茶盘：坐西湖船游玩，船家一定引导你去玩庄子。刘庄、宋庄、高庄、蒋庄、唐庄，里面楼台亭阁，各尽其美。然而你一进庄子，就有人拿茶盘来要你请坐喝茶。茶钱起码两角。如果你坐下来喝，他又端出糕果盘来，请用点心。如果你吃了他一粒花生米，就起码得送他四角。每个庄子如此，游客实在吃不消。如果每处吃茶，这茶钱要比船钱贵得多。于是只得看见茶盘就逃。然而那人在后面喊："客人，茶泡好了！"你逃得快，他就在后面骂人。真是大煞风景！所以我们游惯西湖的人，都怕进庄子去。最好是在白堤、苏堤上的长椅子上闲坐，看看湖光山色，或者到平湖秋月等处吃碗茶，倒很太平安乐。

且说上海的游戏场中，扒手和拐骗别开生面，与众不同。有一个冬天晚上，我偶然陪朋友到大世界游览，曾亲眼看到一幕。有一个场子里变戏法，许多人

东洋与西洋

打着圈子观看。戏法变完，大家走散的时候，有一个人惊喊起来，原来他的花缎面子灰鼠皮袍子，后面已被剪去一大块。此人身躯高大，袍子又长又宽，被剪去的一块足有二三尺见方，花缎和毛皮都很值钱。这个人屁股头空荡荡地走出游戏场去，后面一片笑声送他。这景象至今还能出现在我眼前。

我的母亲从乡下来。有一天我陪她到游戏场去玩。看见有一个摸彩的摊子，前面有一长凳，我们就在凳上坐着休息一下。看见有一个人走来摸彩，出一角钱，向筒子里摸出一张牌子来："热水瓶一个。"此人就捧着一个崭新的热水瓶，笑嘻嘻地走了。随后又有一个人来，也出一角钱，摸得一只搪瓷面盆，也笑嘻嘻地走了。我母亲看得眼热，也去摸彩。第一摸，一粒糖；第二摸，一块饼干；第三摸，又是一粒糖。三角钱换得了两粒糖和一块饼干，我们就走了。后来，我们兜了一个圈子，又从这摊子面前走过。我看见刚才摸得热水瓶和面盆的那两个人，坐在里面谈笑呢。

当年的上海，外国人称之为"冒险家的乐园"，其内容可想而知。以上我所记述，真不过是皮毛的皮毛而已。我又想起了一个巧妙的骗局，用以结束我这篇记事吧：三马路广西路附近，有两家专卖梨膏的店，贴邻而居，店名都叫做"天晓得"。里面各挂着一轴大画，画着一只大乌龟。这两爿店是兄弟两人所开。他们的父亲发明梨膏，说是化痰止咳的良药，销售甚广，获利颇丰。父亲死后，兄弟两人争夺这爿老店，都说父亲的秘方是传授给我的。争执不休，向上海县告状。官不能断。兄弟二人就到城隍庙发誓："谁说谎谁是乌龟！是真是假天晓得！"于是各人各开一爿店，店名"天晓得"，里面各挂一幅乌龟。上海各报都登载此事，闹得远近闻名。全国各埠都来批发这梨膏。外路人到上海，一定要买两瓶梨膏回去。兄弟二人的生意兴旺，财源茂盛，都变成富翁了。这兄弟二人打官司，跪城隍庙，表面看来是仇敌，但实际上非常和睦。他们巧妙地想出这骗局来，推销他们的商品，果然大家发财。

放焰口

我小时光，每逢中元节，即阴历七月十五日之夜，地方上集资举办佛事，以超度亡魂，名曰放焰口。河岸上凉棚底下搭一个台，台上接连两张方桌，桌上供着香花灯烛，旁设椅子，是僧众的座位。每家用五彩纸张剪成衣衫鞋帽之形，用绳子穿好了挂在沿河的柱子上，准备佛事结束时焚化给鬼魂。河岸两旁，挂着无数灯笼，上写"普济孤魂"四字。琳琅满目，煞是好看！台前挂着一副对联，是我父亲撰的：

古曾为吴越战场迄今蔓草荒烟半是英雄埋骨地
近复遭咸同发逆记否昔年此日正当兵火破家时

春秋时代，我们那地方有一石门，是越防吴的，所以这地方叫做石门湾。又，这是光绪末年的事，所以称洪秀全为发逆。那时石门湾全市烧光，同抗日战争时差不多。

黄昏时分，法事开始了。老和尚戴着地藏王帽子，披着袈裟，坐在正中；两旁六个和尚各持法器。起初是鸣钟击鼓，念佛唪经。到了深夜，流星隐现，有如鬼火明灭；阴风飘忽，仿佛魂兮归来，就开始召请孤魂了。老和尚以悲紧之音，高声诵念，众僧属而和之。每念完一段，撒一把米，向孤魂施食。那些米落入暗处，仿佛有无数鬼魂争先抢夺，教人毛发竦然。所召请的孤魂，非常全面，自帝王将相以至囚徒乞丐，都得"来受甘露味"。那文词骈四俪六，优美动人，不知是谁作的。有人说是苏东坡所作，未可必也。我因爱此文词，当年曾在杭州玛瑙经房"请"得一册《瑜伽焰口施食》。抗日战争时我仓皇出奔，一册书也不曾带走。缘缘堂被焚前几天，有一乡亲代我抢出一网篮书，这册《瑜伽焰口施食》即在其内，因得不焚。往

鬼节

年有人闯入我家，抢走了许多古典文学书籍，却不拿这册书，大概他们不懂，所以不拿。此书因得保存至今，已是两次虎口余生了。现在我选几段抄录在下面：

▲一心召请：金乌似箭，玉兔如梭。想骨肉以分离，睹音容而何在。初爇名香，初伸召请。

▲一心召请：远观山有色，近听水无声。春去花还在，人来鸟不惊。二爇名香，二伸召请。

▲一心召请：浮生如梦，幻质匪坚。不凭我佛之慈，曷遂超升之路。三爇名香，三伸召请。

▲一心召请：累朝帝主，历代侯王。九重殿阙高居，万里山河独据。白：西来战舰，千年王气俄收。北去銮舆，五国冤声未断。呜呼！杜鹃叫落桃花月，血染枝头恨正长。如是前王后伯之流，一类孤魂等众。惟愿承三宝力，仗秘密言，此夜今时，来临法会。

▲一心召请：筑坛拜将，建节封侯。力移金鼎千钧，身作长城万里。白：霜寒豹帐，徒勤汗

马之劳。风息狼烟，空负攀龙之望。呜呼！将军战马今何在，野草闲花满地愁。如是英雄将帅之流，一类孤魂等众。

▲一心召请：五陵才俊，百郡贤良。三年清节为官，一片丹心报主。白：南州北县，久离桑梓之乡。海角天涯，远丧蓬莱之岛。呜呼！官贶萧萧随逝水，离魂杳杳隔阳关。如是文臣宰辅之流，一类孤魂等众。

▲一心召请：黉门才子，白屋书生。探花足步文林，射策身游棘院。白：萤灯飞散，三年徒用工夫。铁砚磨穿，十载漫施辛苦。呜呼！七尺红罗书姓氏，一抔黄土盖文章。如是文人举子之流，一类孤魂等众。

▲一心召请：出尘上士，飞锡高僧。精修五戒净人，梵行比丘尼众。白：黄花翠竹，空谈秘密真诠。白牯黧奴，徒演苦空妙偈。呜呼！经窗冷浸三更月，禅室虚明半夜灯。如是缁衣释子之流，一类觉灵等众。

▲一心召请：黄冠野客，羽服仙流。桃源洞里修真，阆苑洲前养性。白：三花九炼，天曹未许标名。四大无常，地府难容转限。呜呼！琳观霜寒丹灶冷，醮坛风惨杏花稀。如是玄门道士之流，一类邈灵等众。

▲一心召请：江湖羁旅，南北经商。图财万里游行，积货千金贸易。白：风波不测，身膏鱼腹之中。路途难防，命丧羊肠之险。呜呼！滞魄北随云黯黯，客魂东逐水悠悠。如是他乡客旅之流，一类孤魂等众。

▲一心召请：戎衣战士，临阵健儿。红旗影里争雄，白刃丛中敌命。白：鼓金初振，霎时腹破肠穿。胜败才分，遍地肢伤首碎。呜呼！漠漠黄沙闻鬼哭，茫茫白骨少人收。如是阵亡兵卒之流，一类孤魂等众。

▲一心召请：怀胎十月，坐草三朝。初欣鸾凤和鸣，次望熊罴叶梦。白：奉恭欲唱，吉凶只在片时。璋瓦未分，母子皆归长夜。呜呼！花正

开时遭急雨，月当明处覆乌云。如是血湖产难之流，一类孤魂等众。

▲一心召请：戎夷蛮狄，喑哑盲聋。勤劳失命佣奴，妒忌伤身婢妾。白：轻欺三宝，罪倦积若河沙；忤逆双亲，凶恶浮于宇宙。呜呼！长夜漫漫何日晓，幽关隐隐不知春。如是冥顽悖逆之流，一类孤魂等众。

▲一心召请：宫帏美女，闺阁佳人。胭脂画面争妍，龙麝薰衣竞俏。白：云收雨歇，魂消金谷之园。月缺花残，肠断马嵬之驿。呜呼！昔日风流都不见，绿杨芳草髑髅寒。如是裙钗妇女之流，一类孤魂等众。

▲一心召请：饥寒丐者，刑戮囚人。遇水火以伤身，逢虎狼而失命。白：悬梁服毒，千年怨气沉沉。冒击崖崩，一点惊魂漾漾。呜呼！暮雨青烟寒鹊噪，秋风黄叶乱鸦飞。如是伤亡横死之流，一类孤魂等众。

读了这些文词，慨叹人生不论贵贱贫富，善恶贤愚，都免不了无常之恸。然亦不须忧恸。曹子建说得好："惊风飘白日，光景逝西流。盛时不可再，百年忽我遒。生存华屋处，零落归山丘。先民谁不死，知命复何忧。"

歪鲈婆阿三 [①]

　　歪鲈婆阿三不知何许人也，亦不详其姓氏。只因他的嘴巴像鲈鱼的嘴巴，又有些歪，因以为号也。他是我家贴邻王囡囡豆腐店里的司务。每天穿着褴褛的衣服，坐在店门口包豆腐干。人们简称他为"阿三"。阿三独身无家。

　　那时盛行彩票，又名白鸽票。这是一种大骗局。例如：印制三万张彩票，每张一元。每张分十条，每条一角。每张每条都有号码，从一到三万。把这三万张彩票分发全国通都大邑。卖完时可得三万元。于是选定一个日子，在上海某剧场当众开彩。开彩的方法，

---

　　① 本篇曾收入《缘缘堂随笔集》（1983）。

是用一个大球，摆在舞台中央，三四个人都穿紧身短衣，袖口用带扎住，表示不得作弊。然后把十个骰子放进大球的洞内，把大球摇转来。摇了一会，大球里落出一只骰子来，就把这骰子上的数字公布出来。这便是头彩的号码的第一个字。台下的观众连忙看自己所买的彩票，如果第一个数字与此相符，就有一线中头彩的希望。笑声、叹声、叫声，充满了剧场。这样地表演了五次，头彩的五个数目字完全出现了。五个字完全对的，是头彩，得五千元；四个字对的，是二彩，得四千元；三个字对的，是三彩，得三千元……这样付出之后，办彩票的所收的三万元，净余一半，即一万五千元。这是一个很巧妙的骗局。因为买一张的人是少数，普通都只买一条，一角钱，牺牲了也有限。这一角钱往往像白鸽一样一去不回，所以又称为"白鸽票"。

只有我们的歪鲈婆阿三，出一角钱买一条彩票，竟中了头彩。事情是这样：发卖彩票时，我们镇上有许多商店担任代售。这些商店，大概是得到一点报酬

兴奋之群

的，我不详悉了。这些商店门口都贴一张红纸，上写"头彩在此"四个字。有一天，歪鲈婆阿三走到一家糕饼店门口，店员对他说："阿三！头彩在此！买一张去吧。"对面咸鲞店里的小麻子对阿三说："阿三，我这一条让给你吧。我这一角洋钱情愿买香烟吃。"小麻子便取了阿三的一角洋钱，把一条彩票塞在他手里了。阿三将彩票夹在破毡帽的帽圈里，走了。

大年夜前几天，大家准备过年的时候，上海传来消息，白鸽票开彩了。歪鲈婆阿三的一条，正中头彩。他立刻到手了五百块大洋，（那时米价每担二元半，五百元等于二百担米。）变成了一个富翁。咸鲞店里的小麻子听到了这消息，用手在自己的麻脸上重重地打了三下，骂了几声"穷鬼！"歪鲈婆阿三没有家，此时立刻有人来要他去"招亲"了。这便是镇上有名的私娼俞秀英。俞秀英年约二十余岁，一张鹅蛋脸生得白嫩，常常站在门口卖俏，勾引那些游蜂浪蝶。她所接待的客人全都是有钱的公子哥儿，豆腐司务是轮不到的，但此时阿三忽然被看中了。俞秀英立刻在她家里雇起四个裁缝司务来，替阿三做花缎袍子和马褂。限定年初一要穿。四个裁缝司务日夜动工，工钱加倍。

到了年初一，歪鲈婆阿三穿了一身花缎皮袍皮褂，卷起了衣袖，在街上东来西去，大吃大喝，滥赌滥用。几个穷汉追随他，问他要钱，他一摸总是两三块银洋。有的人称他"三兄"，"三先生"，"三相公"，他的赏赐更丰。那天我也上街，看到这情况，回来告诉我母亲。正好豆腐店的主妇定四娘娘在我家闲谈。母亲对定四娘娘说："把阿三脱下来的旧衣裳保存好，过几天他还是要穿的。"

果然，到了正月底边，歪鲈婆阿三又穿着原来的旧衣裳，坐在店门口包豆腐干了。只是一个崭新的皮帽子还戴在头上。把作司务①衔着一支旱烟筒，对阿三笑着说："五百只大洋！正好开爿小店，讨个老婆，成家立业。现在哪里去了？这真叫做没淘剩②！"阿三管自包豆腐干，如同不听见一样。我现在想想，

① 把作是"把持作坊"的意思。把作司务就是在作坊中负责技术的司务。
② 没淘剩，作者家乡话，意即没出息。

这个人真明达！货悖而入者，亦悖而出；来路不明，去路不白。他深深地懂得这个至理。我年逾七十，阅人多矣。凡是不费劳力而得来的钱，一定不受用。要举起例子来，不知多少。歪鲈婆阿三是一个突出的例子。他可给千古的人们作借鉴。自古以来，荣华难于久居。大观园不过十年，金谷园更为短促。我们的阿三把它浓缩到一个月，对于人世可说是一声响亮的警钟，一种生动的现身说法。

四轩柱[①]

　　我的故乡石门湾，是运河打弯的地方，又是春秋时候越国造石门的地方，故名石门湾。运河里面还有条支流，叫做后河。我家就在后河旁边。沿着运河都是商店，整天骚闹，只有男人们在活动；后河则较为清静，女人们也出场，就中有四个老太婆，最为出名，叫做四轩柱。

　　以我家为中心，左面两个轩柱，右面两个轩柱。先从左面说起。住在凉棚底下的一个老太婆叫做莫五娘娘。这莫五娘娘有三个儿子，大儿子叫莫福荃，在市内开一爿杂货店，生活裕如。中儿子叫莫明荃，是

---

　①　本篇曾收入《缘缘堂随笔集》(1983)。

个游民，有人说他暗中做贼，但也不曾破过案。小儿子叫木铳阿三，是个戆大①，不会工作，只会吃饭。莫五娘娘打木铳阿三，是一出好戏，大家要看。莫五娘娘手里拿了一根棍子，要打木铳阿三。木铳阿三逃，莫五娘娘追。快要追上了，木铳阿三忽然回头，向莫五娘娘背后逃走。莫五娘娘回转身来再追，木铳阿三又忽然回头，向莫五娘娘背后逃走。这样地表演了三五遍，莫五娘娘吃不消了，坐在地上大哭。看的人大笑。此时木铳阿三逃之杳杳了。这个把戏，每个月总要表演一两次。有一天，我同豆腐店王囡囡坐在门口竹榻上闲谈。王囡囡说："莫五娘娘长久不打木铳阿三了，好打了。"没有说完，果然看见木铳阿三从屋里逃出来，莫五娘娘拿了那根棍子追出来了。木铳阿三看见我们在笑，他心生一计，连忙逃过来抱住了王囡囡。我乘势逃开。莫五娘娘举起棍子来打木铳阿三，一半打在王囡囡身上。王囡囡大哭喊痛。他的祖母定

---

① 木铳和戆大都是指戆头戆脑的人。

四娘娘赶出来，大骂莫五娘娘："这怪老太婆！我的孙子要你打？"就伸手去夺她手里的棒。莫五娘娘身躯肥大，周转不灵，被矫健灵活的定四娘娘一推，竟跌到了河里。木铳阿三毕竟有孝心，连忙下水去救，把娘像落汤鸡一样驮了起来，幸而是夏天，单衣薄裳的，没有受冻，只是受了些惊。莫五娘娘从此有好些时不出门。

第二个轩柱，便是定四娘娘。她自从把莫五娘娘打落水之后，名望更高，大家见她怕了。她推销生意的本领最大。上午，乡下来的航船停埠的时候，定四娘娘便大声推销货物。她熟悉人头，见农民大都叫得出："张家大伯！今天的千张格外厚，多买点去。李家大伯，豆腐干是新鲜的，拿十块去！"就把货塞在他们的篮里。附近另有一家豆腐店，是陈老五开的，生意远不及王囡囡豆腐店，就因为缺少像定四娘娘的一个推销员。定四娘娘对附近的人家都熟悉，常常穿门入户，进去说三话四。我家是她的贴邻，她来得更勤。我家除母亲以外，大家不爱吃肉，桌上都是素菜。

五娘娘

而定四娘娘来的时候，大都是吃饭时候。幸而她像《红楼梦》里的凤姐一样，人没有进来，声音先听到了。我母亲听到了她的声音，立刻到橱里去拿出一碗肉来，放在桌上，免得她说我们"吃得寡薄"。她一面看我们吃，一面同我母亲闲谈，报告她各种新闻：哪里吊死了一个人；哪里新开了一爿什么店；汪宏泰的酥糖比徐宝禄的好，徐家的重四两，汪家的有四两五，哪家的姑娘同哪家的儿子对了亲，分送的茶枣讲究得很，都装锡罐头；哪家的姑娘养了个私生子，等等。我母亲爱听她这种新闻，所以也很欢迎她。

第三个轩柱，是盆子三娘娘。她是包酒馆里永林阿四的祖母。他的已死的祖父叫做盆子三阿爹，因为他的性情很坦，像盆子一样①；于是他的妻子就也叫做盆子三娘娘。其实，三娘娘的性情并不坦，她很健谈。而且消息灵通，远胜于定四娘娘。定四娘娘报道消息，加的油盐酱醋较少，而盆子三娘娘的报道消息，加入多量的油盐酱醋，叫它变味走样。所以有人说："盆子三娘娘坐着讲，只能听一半；立着讲，一句也听不得。"她出门，看见一个人，只要是她所认识的，就和他谈。她从家里出门，到街上买物，不到一二百步路，她来往要走两三个钟头。因为到处勾留，一勾留就是几十分钟。她指手划脚地说："桐家桥头的草棚

---

① 坦，按作者家乡方言是慢的意思。与盆子（即盆子）平坦的坦谐音。

着了火了，烧杀了三个人！"后来一探听，原来一个人也没有烧杀，只是一个老头子烧掉了些胡子。"塘河里一只火轮船撞沉了一只米船，几十担米全部沉在河里！"其实是米船为了避开火轮船，在石埠子上撞了一下，船头里漏了水，打湿了几包米，拿到岸上来晒。她出门买物，一路上这样地讲过去，有时竟忘记了买物，空手回家。盆子三娘娘在后河一带确是一个有名人物。但自从她家打了一次官司，她的名望更大了。

事情是这样：她有一个孙子，年纪二十多岁，做医生的，名叫陆李王。因为他幼时为了要保证健康长寿，过继给含山寺里的菩萨太君娘娘，太君娘娘姓陆。他又过继给另外一个人，姓李。他自己姓王。把三个姓连起来，就叫他"陆李王"。这陆李王生得眉清目秀，皮肤雪白。有一个女子看上了他，和他私通。但陆李王早已娶妻，这私通是违法的。女子的父亲便去告官。官要逮捕陆李王。盆子三娘娘着急了，去同附近有名的沈四相公商量，送他些礼物。沈四相公就替她作证，说他们没有私通。但女的已经招认。于是县官逮捕沈四相公，把他关进三厢堂。（是秀才坐的牢监，比普通牢监舒服些。）盆子三娘娘更着急了，挽出她包酒馆里的伙计阿二来，叫他去顶替沈四相公。允许他"养杀你①"。阿二上堂，被县官打了三百板子，腿打烂了。官司便结束。阿二就在这包酒馆里受供养，因为腿烂，人们叫他"烂膀②阿二"。这事件轰动了全石门湾。盆子三娘娘的名望由此增大。就有人把这事编成评弹，到处演唱卖钱。我家附近有一个乞丐模样的汉子，叫做"毒头③阿三"。他编的最出色，人们都爱听他唱。我还记得唱词中有几句："陆李王的面孔白来有看头，厚底鞋子寸半头，直罗④汗巾三转头，……"描写盆子三娘娘去请托沈四相公，唱道："水鸡⑤烧肉一碗头，拍拍胸脯点点头。……"全部都用

---

① 养杀你，意即供养你一辈子直到老死。
② 烂膀，意即烂腿。
③ 毒头，意即神经病或傻瓜。
④ 直罗，即有直的隐条的丝织品。
⑤ 水鸡，即甲鱼。

"头"字，编得非常自然而动听。欧洲中世纪的游唱诗人（troubadour, minnesinger），想来也不过如此吧。毒头阿三唱时，要求把大门关好。因为盆子三娘娘看到了要打他。

第四个轩柱是何三娘娘。她家住在我家的染作场隔壁。她的丈夫叫做何老三。何三娘娘生得短小精悍，喉咙又尖又响，骂起人来像怪鸟叫。她养几只鸡，放在门口街路上。有时鸡蛋被人拾了去，她就要骂半天。有一次，她的一双弓鞋晒在门口阶沿石上，不见了。这回她骂得特别起劲："穿了这双鞋子，马上要困棺材！""偷我鞋子的人，世世代代做小娘（即妓女）！"何三娘娘的骂人，远近闻名。大家听惯了，便不当一回事，说一声"何三娘娘又在骂人了"，置之不理。有一次，何三娘娘正站在阶沿石上大骂其人，何老三喝醉了酒从街上回来，他的身子高大，力气又好，不问青红皂白，把这瘦小的何三娘娘一把抱住，走进门去。何三娘娘的两只小脚乱抖乱撑，大骂"杀千刀！"旁人哈哈大笑。

何三娘娘常常生病，生的病总是肚痛。这时候，何老三便上街去买一个猪头，扛在肩上，在街上走一转。看见人便说："老太婆生病，今天谢菩萨。"谢菩萨又名拜三牲，就是买一个猪头，一条鱼，杀一只鸡，供起菩萨像来，点起香烛，请一个道士来拜祷。主人跟着道士跪拜，恭请菩萨醉饱之后快快离去，勿再同我们的何三娘娘为难。拜罢之后，须得请邻居和亲友吃"谢菩萨夜饭"。这些邻居和亲友，都是送过份子的。份子者，就是钱。婚丧大事，送的叫做"人情"，有送数十元的，有送数元的，至少得送四角。至于谢菩萨，送的叫做"份子"，大都是一角或至多两角。菩萨谢过之后，主人叫人去请送份子的人家来吃夜饭。然而大多数不来吃。所以谢菩萨大有好处。何老三捐了一个猪头到街上去走一转，目的就是要大家送份子。谢菩萨之风，在当时盛行。有人生病，郎中看不好，就谢菩萨。有好些人家，外面在吃谢菩萨夜饭，里面的病人断气了。再者，谢菩萨夜饭的猪头肉烧得半生不熟，吃的人回家去就生病，亦复不少。我家也曾谢过几次菩萨，是谁生病，记不清了。总之，要我跟着道士跪拜。我家幸而没有为谢菩萨而死人。我在这环境中，侥幸没有早死，竟能活到七十多岁，在这里写这篇随笔，也是一个奇迹。

阿 庆 [1]

　　我的故乡石门湾虽然是一个人口不满一万的小镇，但是附近村落甚多，每日上午，农民出街做买卖，非常热闹，两条大街上肩摩踵接，推一步走一步，真是一个商贾辐辏的市场。我家住在后河，是农民出入的大道之一。多数农民都是乘航船来的，只有卖柴的人，不便乘船，挑着一担柴步行入市。

　　卖柴，要称斤两，要找买主。农民自己不带秤，又不熟悉哪家要买柴。于是必须有一个"柴主人"。他肩上扛着一支大秤，给每担柴称好分量，然后介绍他去卖给哪一家。柴主人熟悉情况，知道哪家要硬柴，

一肩担尽古今愁

哪家要软柴，分配各得其所。卖得的钱，农民九五扣到手，其余百分之五是柴主人的佣钱。农民情愿九五扣到手，因为方便得多，他得了钱，就好扛着空扁担入市去买物或喝酒了。

我家一带的柴主人，名叫阿庆。此人姓什么，一向不传，人都叫他阿庆。阿庆是一个独身汉，住在大井头的一间小屋里，上午忙着称柴，所得佣钱，足够一人衣食，下午空下来，就拉胡琴。他不喝酒，不吸烟，唯一的嗜好是拉胡琴。他拉胡琴手法纯熟，各种京戏他都会拉。当时留声机还不普遍流行，就有一种人背一架有喇叭的留声机来卖唱，听一出戏，收几个钱。商店里的人下午空闲，出几个钱买些精神享乐，都不吝惜。这是不能独享的，许多人旁听，在出钱的人并无损失。阿庆便是旁听者之一。但他的旁听，不仅是享乐，竟是学习。他听了几遍之后，就会在胡琴上拉出来。足见他在音乐方面，天赋独厚。

夏天晚上，许多人坐在河沿上乘凉。皓月当空，万籁无声。阿庆就在此时大显身手。琴声宛转悠扬，引人入胜。浔阳江头的琵琶，恐怕不及阿庆的胡琴。因为琵琶是弹弦乐器，胡琴是摩擦弦乐器。摩擦弦乐器接近于肉声，容易动人。钢琴不及小提琴好听，就是为此。中国的胡琴，构造比小提琴简单得多。但阿庆演奏起来，效果不亚于小提琴，这完全是心灵手巧之故。有一个青年羡慕阿庆的演奏，请他教授。阿庆只能把内外两弦上的字眼 —— 上尺工凡六五乙仕 —— 教给他。此人按字眼拉奏乐曲，生硬乖异，不成腔调。他怪怨胡琴不好，拿阿庆的胡琴来拉奏，依旧不成腔调，只得废然而罢。记得西洋音乐史上有一段插话：有一个非常高明的小提琴家，在一只皮鞋底上装四根弦线，照样会奏出美妙的音乐。阿庆的胡琴并非特制，他的心手是特制的。

笔者曰：阿庆孑然一身，无家庭之乐。他的生活乐趣完全寄托在胡琴上。可见音乐感人之深，又可见精神生活有时可以代替物质生活。感悟佛法而出家为僧者，亦犹是也。

小学同级生

科举废后，石门湾最初开办小学堂，用西竺庵里面的祖师殿为校舍，名曰溪西小学堂，后来改名石门县立第三小学校。我是这学校的第一级学生。这第一级一共只有七个学生，现在除了我一人老不死之外，其余六人都早已死去，而且都不是终天年的——一人病死，五人横死。

病死的叫沈元。毕业时我考第一，他考第二，我们两人一同到杭州入第一师范学校。五年毕业后，我到上海办学，到东京游学；他就回故乡当这小学的校长，一直当到死。初级师范毕业生应该当小学教师。沈元恪守这制度，为桑梓小学教育服务到底。抗日战争开始，石门湾沦陷，沈元生根在故乡，离乡则如鱼失水，只得躲在农村里。他家的房屋烧毁了。学校停办了，他便忧恼成病而死。我于沦陷前十余天觅得一船，载了家眷亲戚共十二人逃向杭州，经过五河泾时，望见沈元在路旁的一所茶店里吃茶，彼此打一招呼，这便是永别了。后来听说他是生伤寒病，没有医药，听其自死的。

横死的五个人，其一叫 C，是附近北泉村人。此人在学时国文很好，而别的功课不好，所以毕业时考第三名。毕业后不升学，就在家乡鬼混，后来到石门县里去当了什么差使，竟变成了一个讼师，包揽讼事，鱼肉乡民。敌伪时期中，他结识了一个大恶霸 Y，当了他的军师。这 Y 是本地人，绰号"柴头阿三"，同我还有一点亲戚关系：我的远房伯父丰亚卿的女儿，婴孩时许配给他，不久就死了。但既经父定，他便是丰家的女婿，和我是郎舅之亲。所以抗战胜利后我从重庆回上海，到家乡探望亲友时，这 Y 曾经来招待我，在家里办了一桌酒请我吃。这时候他家住在包厅，排场很阔。他的老婆叫 E，也是本地人。听说有一次 Y

出门去了，有一个男人来看 E，在她房里坐地。不料 Y 因遗忘物件，回转来取，看见了这男人，摸出手枪来把他打死。可知他是一个杀人不眨眼的魔王。我因为早就传闻此人的行径，所以不欲同他交往，然而故乡族人和亲友都怕他，劝我非敷衍他不可，因此我只得受他招待。而我的同级友 C，正是这个魔王的军师。Y 不识字，C 替他代笔，Y 狠而无谋，C 替他划策。他对 C 是心悦诚服，言听计从的。C 假手 Y 而杀死的人，不知凡几。后来 Y 不知去向，不知逃到哪里去了。C 恶贯满盈，被抓去就地正法。抗战胜利，我从重庆还乡时，曾见到他。他告诉我：敌伪时期，他坐在家里，一个日本兵从他门口走过，对他开了一枪。幸而打得不准，子弹从身旁飞过，没有打死他。后来我想：你那时被打死了，胜如现在就地正法。

第二个横死的叫 L，是高家湾人。此人在家乡包揽讼事，鱼肉乡民；奸淫妇女，横行不法。后来和 C 同时就地正法。此人在校是插班生，我和他不熟悉，详情不知。

膳堂中的不平

164

第三个横死的叫 W，是石门湾首富 Z 的独子。Z
开米店，其店就在我家染店的斜对河。Z 每天从对河
走过，人们都说他走路时两手掉动像龟手，是发财相。
他既发财，对 W 这独子当然宠爱，W 在校中，衣裳
穿得最漂亮，上海初有皮鞋，他就穿了，上海初有铅
笔，他就用了。沪杭初通火车，他首先由父亲伴着去
乘了。乘了回来吹牛给同学们听，说火车走得极快，
两旁的电线木同栅栏一样。听者为之咋舌。辛亥革命
了，他把辫子盘在头顶，穿一件淡蓝色扯襟长袍，招
摇过市，见者无不啧啧称赏。总之，那时的 W，是石
门湾的天之骄子。小学毕业之后，我赴杭州求学，难
得回乡，对 W 日渐生疏。但闻知他的父亲死了，他
当了家，在家里纳福。有一个无业游民叫 Q 的，也是
小学的同学，不过年级比我们低。此人做了 W 的跑
腿，天天在他家里进出，沾点油水，所以人们称他为
"火腿上的绳"。抗战开始，我率眷西行，W 的情况
全然不知。抗战胜利后我回乡一行，才知道 W 已迁
居城内，没有见面。解放后，我居上海，传闻 W 为

壁报作画，获得好评。原来他在小学时就以善画出名，人们称他为"小画家"。后来，听说 Q 到浙江某地劳动，在那里揭发了 W 的一件命案。于是 W 被捕入狱。他一向是养尊处优，锦衣玉食的，哪里吃得消铁窗生活，不久就死在牢狱里了。他有一个女儿，昔年我曾见过，相貌很像她父亲。听说是个很能干的医务工作者。

第四第五两个横死的，是魏氏兄弟，即魏堂，字颂声，魏和，字达三。魏颂声小学毕业后，曾到上海入某体育学校。后来受人劝诱到新加坡去当教师。在那热带上住了数年，得了严重的眼疾，戴了黑眼镜回乡，就在母校里当体操音乐教师。然而家里的老婆已经走脱了。……此时我早已离乡，奔走各地，一直不知道魏颂声的情况。直到解放那年，我住在上海福州路时，有一天来了一个不相识的女人。我问她你是谁家宅眷，她说"我是魏颂声家的"，说罢泣不能抑。我不胜惊诧，忙问她颂声情况，她边哭边说地答道："死了。""什么毛病？""是吊死的！""哎呀！"慢慢地问她，才知道她是颂声的续弦，颂声在奉贤当小

同级生

学教师，薪水微薄，一家四口难于活命，他自己又要吸烟喝酒。债台高筑，告贷无门。有一天她早上起来，看见颂声吊在门框上，已经冰冷了。桌上放着一个空空的烧酒瓶，他是喝醉了上吊的。古来都说酒能消愁，他的酒竟把愁根本消除了。我安慰她一番，拿出十万元（即今十元）来送她，作为吊仪，她道谢告辞，下文不得而知。

他的兄弟魏达三，另有一种横死法。此人小学毕业后，从师学医，挂牌开业，医道颇高，渐渐名闻遐迩。但架子也渐渐大起来。有时喝醉了酒，不肯出诊，要三请四请才能请到。有一天，就是日本鬼在金山卫登陆那一天，上午听见远处轰响，大家说是县城里被炸，但大家又自慰："我们这小镇，请他来炸他也不肯来的。"这一天下午，附近乡村人来请魏达三出诊，放了一只船来。魏达三说今天没空，不能下乡，明天上午去吧。那时如果有人预知未来，一定要苦劝他赶快上船，保全性命。然而他竟到东市某家去看病了。正在诊病，日本飞机来了，炸弹纷纷投下，居民东奔西窜，哭喊连天。魏达三认为屋里危险，怕房子坍下来压死，便逃出后门，走进桑地里躲避。正好一个炸弹投下来，弹片削去了他的右臂，当场毙命。那只手臂抛在远处，手指还戴着一个金指环，被趁火打劫的人取了去。那时我一家人躲在屋里，炸弹落在离开我屋约五丈的地方，桌上的热水瓶、水烟管都翻落地上，幸而人没有被炸死。当天大家纷纷下乡避难，全镇变成死市，魏达三的尸体如何收拾，不得而知。后来听人说，那天东市病家门外的桑地里，桑树上挂着许多稻柴，大约敌机望下来以为是兵，所以投下许多炸弹，而魏达三躬逢其盛。此后约半个月，我就率眷逃往杭州，桐庐，辗转到达萍乡，长沙，桂林，故乡的情况不得而知了。

S 姑娘

我们这所百年老屋，是三开间三进。第一进靠街，两间是我家的染店，一间是五叔家的医店。第二第三进，中央是我家，左面是堂兄嘉林家，右面是五叔家。两边都有厢房，独我家居中，没有厢房。幸而嘉林家人少，只住楼上，楼下都借给我家，借此勉强可住。五叔家最后一进，划分为二，最后一间及其楼上，租给 S 姑娘住，经常走后门进出。所以 S 姑娘不但是我们的邻居，竟是同住一屋子的人。

S 姑娘生得长身纤足，一张鹅蛋脸经常涂脂抹粉；说起话来声音像银铃一般，外加悠扬婉转。她赘一个丈夫，叫做 T。T 本家姓 H，……入赘后改名 T。此人那副尊容，实在生得特别，额上皱纹无数，两只眼

月上柳梢头

睛细得没处寻找，鼻孔向天，牙齿暴出，竟像一个猪头。名字……已经俗气得太露骨了，再加之以这副尊容，竟成了一个蠢汉。然而此人心地极好，忠厚谦恭，老婆骂得无论怎样厉害，他从来不还嘴。但旁人都说，S姑娘"一朵鲜花插在狗屎里了"。

为此，S姑娘不要T住在家里，叫他经常住在戏台底下的炮仗店里。这炮仗店原是T开的。他做炮仗很有本领，大炮、鞭炮、雪炮、流星、水老鼠、金转银盘、万花筒等他都会做。他这店里只有他一个人，自饮自食，独居独宿，S姑娘召唤，才回家去。回家大都是为了忌日祭祖宗，要他去叩头。叩过头，吃过饭，仍回店去。有一次，T去后，S姑娘大骂"笨畜生"，因为T收祭品时把一碗酒挂在篮里，S姑娘取篮时酒倒翻了，淋了一衣袖酒。她高声地骂给隔壁五娘娘听，连我们灶间里也听得到，于是大家笑T怕老婆。S姑娘骂完后的结论是："所以我不许他回家。"

S姑娘租这间房子，很有妙用。她走后门进出，后门外是一条小街，叫做梅纱弄，这弄极小，很少有人走过。S 姑娘的情夫就可自由出入。她的情夫有两人，一人是开杂货店的 M，另一个是富家子 C。石门湾地方小，人的活动难于隐瞒，S 姑娘偷野老公，几乎无人不晓。就有两个闲汉来捉奸。一个叫 Z，是个泼皮。人都叫他"吃屎"。因为他的名字发音和"吃屎（读如污）"相似。这是一个无业游民，专以敲竹杠为生。据说 M 和 C 经常开销他。如果不开销了，他就要捉奸。另一个人叫烂污阿二。姓名一向不传，人都叫他"烂污"或"阿二"或全称为"烂污阿二"。这人的确撒过大烂污：有一次，他同某女人通奸，女人的丈夫痛打女人，女人吊死了。这丈夫便把烂污阿二捉来，把这奸夫和女尸周身脱得精光，用绳子紧紧地捆在一起，关在一个空房子里，关了三天。这正是炎夏天气，尸身烂了，烂污阿二身上滚满了烂肉，爬满了蛆虫。放出来时，他居然不死，而撒烂污的名声更大了。他住的地方较远，消息不大灵通，来捉奸的机会较少。我只记得有一天黄昏，烂污阿二敲 S 姑娘的后门，C 连忙走前门逃走。五叔家的店门是不开的，他只得走中央，正好我父亲在喝酒。他穷极智生，向我父亲拱一拱手说："三伯，我要请你写一把扇子。"说罢一缕烟走了。S姑娘却在里面大骂烂污阿二："捉奸捉双！你污人清白，同你到街坊去评理！"

S姑娘有一个儿子，叫做R。此人相貌全像他父亲T，而愚笨无比，七八岁了连话也说不清楚。有一次我听见他在唱："吃也晓，恶也要，半末恶衣吃，见交也衣好……"我听不懂，后来才知道是他母亲教他唱的："青菱小，红菱老，不问红与青，只觉菱儿好。……"R大了，S姑娘给他讨个老婆，这老婆也善于偷汉，本领不亚于S姑娘。抗日战争初期，R被日本鬼拉去，不知所终。

乐 生

　　乐生是我的远房堂兄。他的父亲叫亚卿，我们叫他亚卿三大伯，或麻子三大伯。亚卿曾在我们的染店里当管账，乐生就在店里当学徒。因此我和乐生很熟悉，下午店里空了，乐生就陪我玩。

　　乐生的坑法，异想天开，与众不同，还带些恶毒性，但实际上并不怎么危害人。我对他有些向往，就因为爱好这种恶毒性。例如：他看到一条百脚①，诱它出来，用剪刀把它的两只钳剪去。百脚是以钳为武器的，如今被剪去了，就如缴了械，解除了武装，不可怕了。乐生便把它藏在衣袖里，任他在身上爬来爬

---

　　① 百脚，即蜈蚣。

去。他突然把百脚丢在别人身上，那人吓了一大跳。有几个小孩，竟被他吓得大哭。有一次，我母亲出来，在店门口坐坐。乐生乘其不备，把这条百脚放在她肩上了。我母亲见了，大吃一惊，乐生立刻走过去把百脚捉了，藏入袋里，使得我母亲又吃一惊。又有一次，他向他的父亲麻子三大伯讨零用钱，他父亲不给。他便拿出百脚来，丢在他臂上。麻子三大伯吓了一跳，连忙用手来掸，岂知那百脚落在他背脊上了，没有离身。他向门角落里拿起一根门闩，要打乐生。乐生在前面逃，他背着百脚拿着门闩在后面追，街上的人大笑。乐生转一个弯，不见了，麻子三大伯背着百脚拿着门闩站着喘气。有人替他掸脱了百脚。一只鸡看见了，跑过来啄了两三口，把百脚全部吞下去。这鸡照旧仰起了头踱来踱去，若无其事。可知鸡的胃消化力很强。这百脚已无钳无毒。倘是有钳有毒的，它照样会消化，把毒当作营养品。记得我的大姐扎珠花，嫌珠子不圆，把它灌进鸡嘴巴里。过了一会，把鸡杀了，取出珠子来，已浑圆了。可见其消化力之强。闲

埋伏

话少讲。

乐生对于百脚，特别感到兴趣。上述的办法玩腻之后，他又另想办法。把一根竹，两头削尖，弯成弓形，钉住百脚的头和尾，两手一放，百脚就成了弓弦。这叫做百脚弓。他把百脚弓挂在墙上，到第三日，那百脚还不曾死，脚还在抖动。所以说：百足之虫，死而不僵。但这办法太残忍了。百脚原是害虫，应该杀死。但何必用这等残酷的刑罚呢。但这是我现在的想法，当时我也木知木觉。且说百脚干燥之后，居然非常坚韧，可作弓弦，用竹签子射箭，见者无不惊叹乐生这种杰作。

乐生另有一种杰作，实在恶毒得可以。有一天晚上，我同他两人在店堂里，他悄悄地拿出一包头发来，不知是从哪里弄来的，用剪刀剪得很细，像黑粉末。我问他做什么用，他说你明天自会知道。到了明天下午，店里空了，隔壁的道士先生顾芷塘来坐在店门口，和人谈闲天。乐生乘其不备，拿一把头发粉末来撒在他的后头骨下面的项颈里了。这顾芷塘的项颈生得很长，人们说他是吹笙的，笙是吸的，便把项颈吸得很长了。因为项颈长，所以衣领后头很宽，可容许多头发粉末。顾芷塘起先不觉得什么，后来觉得痒了，伸手去搔，越搔越痒。那些头发粉末落下去，粘在背脊上，顾芷塘只得撩起衣服来，弯进手臂去搔。同时自言自语："背脊上痒得很，难道生虱子了？我家没有虱子的呀。"终于痒得熬不住，便回家去换衣裳了。

管账先生何昌熙也着过这道儿。何昌熙坐在账桌边写账，乐生假作用鸡毛帚掸灰尘，把一把头发粉末撒在他项颈里了。何昌熙是个大块头，一时木知木觉，后来牵动衣裳，越牵越痒，嘴里不住地骂人。乐生和我却在暗笑。丫头红英吃过不少次数。因为红英常常坐在店门口阶沿上剖鱼或洗衣服，乐生凭在柜台上，居高临下，撒下去正好落在项颈里。此外，乐生拿了这包宝贝上街去，谁吃他亏，不得而知了。这些都是顽皮孩子的恶作剧，算不得作恶为非，但他还有招摇撞骗行径呢。

上午，街上正闹的时候，乐生拿了一碗水在人丛中走。看到一个比较阔绰的人，有意去碰他一下，那碗水倒翻在地上了。乐生惊喊起来："啊呀！我这两角洋钱烧酒被你碰翻了！奈末①我的爷要打杀我了！要你赔！要你赔！"他竟哭出眼泪来了。那人没奈何，只得赔他两角洋钱。

乐生早死。他的儿子叫舜华，听说在肉店经商，现在不知怎样，几十年没消息了。

① 奈末，江南一带方言，意即这下子。

宽　盖

五十多年前，我约二十岁的时候，在杭州师范学校肄业。有一天我的图画音乐老师李叔同先生带我到玉泉去看一位程中和先生。此人在第二次革命时曾经当过师长，忽然看破红尘，放下屠刀，即将在虎跑寺出家为僧，暂住在玉泉作准备工作。李先生此时也已立志出家，是他的同志，因此去看望他。所以带我同去者，为了出家前后有些事要我帮助。程中和先生是安徽人，年约四十左右，面部扁平，口角常带笑容。这慈祥之相，不配当军人，正宜做和尚。不久他在虎跑出家，法名弘伞，李先生相继出家，法名弘一，两人是师弟兄。

弘一法师云游各地，不常在杭州。弘伞法师则做了虎跑寺的当家，但常住在虎跑下院招贤寺。有一时我在招贤寺旁租屋而居，与弘伞法师为邻。他常到我家坐谈，但我不须敬茶敬烟。因为他主张物质生活极度简化，每天上午吃十个实心馒头，一大碗盐汤，就整天不再吃饭吃茶。烟本来不吸。所以他来坐谈，真是清谈。我敬佩他这生活革命。设想他在俗时，一定不是如此清苦。一念之转，竟判若两人。可见其皈依三宝的信心是异常坚贞的。

抗战胜利后某日，弘伞法师因事到上海，寓居在城内关帝庙中。忽有一男子进来找他，跪下来抱住了他的脚，痛哭流涕，不知所云。弘伞法师拉他起来，质问情由，方知道此人名叫某某（我记不起来了），敌伪时代曾经当过特务，用手枪打死不少人，现在忏悔了，决心放下手枪，出家为僧，请求弘伞法师接引。弘伞法师自己也是拿过手枪的，看了他那痛哭流涕之状，十分同情，立刻给他摩顶受戒，取法名曰宽盖，带他回杭州，在虎跑寺修行。

这位宽盖法师非常能干。他到虎跑后，勤劳办事，使得寺内百废俱兴。弘伞法师十分得意，曾经向我夸奖此人，认为这是风尘中的奇迹。也是佛教界的胜缘。他非常信任他，就把虎跑寺的大权交给他，连自己的图章也交他保管。弘伞法师自己就常住在招贤寺，勤修梵行。宽盖不时来招贤寺向师父报告虎跑近况，弘伞法师曾带他来看我，所以我也认识他，但见此人身材高大，眼角倒竖，一脸横肉，和底下的僧衣颇不相称。好像是鲁智僧之流。

过了几时，宽盖法师来邀我到虎跑寺去吃斋，说是新近替师父在虎跑造了一间房子，请我和马一浮先生去参观。我如期而往，但见寺后山坡上竹林深处，建着一间红屋顶的小洋房。其中前为客室，后为卧房；铜床、沙发、镜台、屏帏，一应俱全。这不像僧房，竟是香闺。我口头赞美，心中纳罕。弘伞法师板起面孔说："何必造这房子，我不需要。"宽盖答说："师父赏光，这是弟子的一点孝心。"于是邀大家到外面的客堂去吃斋，素菜做得极好。

过了几时，忽然有一天杭州法院传弘伞，说有人

孤云

控告他卖虎跑寺产田地若干亩，卖契上盖着他的图章，
弘伞连忙找宽盖，宽盖正往上海去了。而法院传票接
连而至。弘伞法师悄悄地逃出杭州，孤云野鹤一般不
知去向了。后来听说他是逃到昆明，转赴缅甸去了。

　　不久，宽盖从上海带了一个女人来，供养在他替
师父盖造的小洋房里。又带了一辆机器脚踏车来，常
常载了那女人在西湖边上"辟拍辟拍"地兜圈子。有
一次我到楼外楼吃饭，宽盖带了那女人也上来了。他
向我招呼，满不在乎，我倒反而觉得难以为情。后来
我离开杭州，此人的下场不得而知了。

元帅菩萨 [①]

　　石门湾南市梢有一座庙，叫做元帅庙。香火很盛。正月初一日烧头香的人，半夜里拿了香烛，站在庙门口等开门。据说烧得到头香，菩萨会保佑的。每年五月十四日，元帅菩萨迎会。排场非常盛大！长长的行列，开头是夜叉队，七八个人脸上涂青色，身穿青衣，手持钢叉，锵锵振响。随后是一盆炭火，由两人扛着，不时地浇上烧酒，发出青色的光，好似鬼火。随后是臂香队和肉身灯队。臂香者，一只锋利的铁钩挂在左臂的皮肉上，底下挂一只廿几斤重的锡香炉，皮肉居然不断。肉身灯者，一个赤膊的人，腰间前后左右插

---

　　① 本篇曾收入《缘缘堂随笔集》（1983）。

七八根竹子，每根竹子上挂一盏油灯，竹子的一端用钩子钉在人的身体上。据说这样做，是为了"报娘恩"。随后是犯人队。许多人穿着犯人衣服，背上插一白旗，上写"斩犯一名×××"①。再后面是拈香队，许多穿长衫的人士，捧着长香，踱着方步。然后是元帅菩萨的轿子，八人扛着，慢慢地走。后面是细乐队，香亭。众人望见菩萨轿子，大家合掌作揖。我五六岁时，看见菩萨，不懂得作揖，却喊道："元帅菩萨的眼睛会动的！"大人们连忙掩住我的口，教我作揖。第二天，我生病了，眼睛转动。大家说这是昨天喊了那句话的原故。我的母亲连忙到元帅庙里去上香叩头，并且许愿。父亲请医生来看病，医生说我是发惊风。吃了一颗丸药就好了。但店里的人大家说不是丸药之功，是母亲去许愿，菩萨原谅了之故。后来办了猪头三牲，去请菩萨。

为此，这元帅庙里香火极盛，每年收入甚丰。庙

---

① 按当时作者故乡的风习，认为生病是罪孽所致，因此病人有时在神前许愿：若得病愈，当在元帅会上扮作犯人以示赎罪。

里有两个庙祝，贪得无厌，想出一个奸计来扩大做生意。某年迎会前一天，照例祭神。庙祝预先买嘱一流氓，教他在祭时大骂"菩萨无灵，泥塑木雕"，同时取食神前的酒肉，然后假装肚痛，伏地求饶。如此，每月来领银洋若干元。流氓同意了，一切照办。岂知酒一下肚，立刻七孔流血，死在神前。原来庙祝已在酒中放入砒霜，有意毒死这流氓来大做广告。远近闻讯，都来看视，大家宣传菩萨的威灵。于是元帅庙的香火大盛，两个庙祝大发其财。后来为了分赃不均，两人争执起来，泄露了这阴谋，被官警捉去法办，两人都杀头。我后来在某笔记小说中看到一个故事，与此相似。有一农民入市归来，在一古墓前石凳上小坐休息。他把手中的两个馒头放在一个石翁仲的头上，以免蚂蚁侵食。临走时，忘记了这两个馒头。附近有两个老婆子，发见了这馒头，便大肆宣传，说石菩萨有灵，头上会生出馒头来。就在当地搭一草棚，摆设神案香烛，叩头礼拜。远近闻讯，都来拜祷。老婆子将香灰当作仙方，卖给病人。偶然病愈了，求仙方的

不是急来抱佛脚

人越来越多，老婆子大发其财。有一流氓看了垂涎，向老婆子敲竹杠。老婆子教他明日当众人来求仙方时，大骂石菩萨无灵，取食酒肉，然后假装肚痛，倒在神前。如此，每月分送银洋若干。流氓照办。岂知酒中有毒，流氓当场死在神前。此讯传出，石菩萨威名大震，仙方生意兴隆，老婆子大发其财。后来为了分赃不均，两个老婆子闹翻了，泄露阴谋，被官警捉去正法。元帅庙的事件，与此事完全相似，也可谓"智者所见皆同"。

琐 记

八指头陀诗曰："吾爱童子身，莲花不染尘。骂之唯解笑，打亦不生嗔。对镜心常定，逢人语自新。可慨年既长，物欲蔽天真。"

"草色遥看近却无"，"午日当天塔影圆"，"宫殿风微燕雀高"，皆写实，即可谓"体验生活"得来者也。最后一句，我在北京故宫中实地体会。

中国文字花样多。有人集平上去入四声成语："康子馈药"，"君子慎独"，"兵刃既接"。我续之曰："淮海战役"，"英语教室"，"民有菜色"，"严守秘密"，"三九廿七"，"谈虎变色"，"油断大敌"。最后一句乃日本成语。油断二字出《涅槃经》：古代印度有一暴君，命一廷臣捧油钵行若干里路，若掉一滴油，即断

191

其头，否则升官云云。日本学校中以此四字贴在壁上作标语，教学生谨慎小心也。

郑晓沧告我双字联："翠翠红红处处莺莺燕燕，风风雨雨年年暮暮朝朝"。有人言，诗词中有三字相连者："庭院深深深几许"，"家家家业尽成灰"，"树树树头闻晓莺"。皆自然可喜。

有人举金木水火土五行俱全的五言诗句："烟锁池塘柳"，"茶烹鑿壁泉"。五字偏旁五行俱全。此种例句不可多得。

童年时在家乡听见办婚丧事的人家，客人跪拜时乐人奏《喜相逢》，其曲调大约是 3 2 3 5 | 6 5 6 2 7 | 6 - | 5 3 5 1 | 6 1 6 1 5 6 | 3 2 1 2 5 | 3 …… 是短音阶。跪拜谦恭，故用短音阶，而曲趣又很和乐。

东坡诗："重重叠叠上瑶台，几度呼童扫不开。刚被太阳收拾去，却教明月送将来。"是一个谜语，谜底是花影。

佛家言："身中四大，各自有名，都无有我。"

有一僧人，大约是寒山子，诗句曰："碌碌群汉子，万事由天公。"

人倘活一百岁，则有3153600000秒，即三十一亿五千多万秒。这数目很大，似乎是永远用不完的。因此"生年不满百，常怀千岁忧"。

有人说，世间女子大都比男子多说话，一年之中，只有二月里少说些。何以故？因为二月只有二十八天。

阳历五月一日，大约相当于阴历三月底。东方人（中国、日本等）认为三月底九十韶光完了，正是送春，伤春，诗人词客痛哭流涕之时。但西方人认为May day 是天气不寒不暖，最宜游山玩水之良辰。大概东方人是重精神的，西方人是重物质的。

"湘帘落叶黄，辇道苍苔长。蝶瘦蟹寒点缀无聊况。温柔念故乡，早荒凉。不及个袍袴宫人扫御床。从前自堕风流阵，过后方知昔日殃。回眸望，朦胧树色隐昭阳。断银河一道红墙。料无处把相思葬。""情无几点真，情有千般恨。怨女呆儿，拉扯无安顿。蚕丝理愈紊，没来因，便越是聪明越是昏。这壁厢梨花泣尽栏前雨，那壁厢蝴蝶飞来梦里魂。堪嗟悯，怜才慕色太纷纷。活牵连一种痴人，死缠绵一种痴魂。穿不透风流阵。"我十六七岁时，在杭州第一师范学校求学，国文教师刘子庚先生教我们这两首散曲。一读就熟，至今不忘。何人所作，难于考查。

日本人惯用英语，茶杯曰コップ（cup），火柴曰マッチ（match）。有人说字典 dictionary 在日语是"字ヲ引ク書ナリ"。医生 doctor 是"毒取ル"。妾 concubine 是"困窮 売淫"。

有人问英文字中哪一个字最长。有人答曰：smiles。两个 s 中间相距一个 mile[①]。

中文回文诗甚多。英文也有一句：Live on no evil。

《菩萨蛮》只宜写风流旖旎之情，《满江红》只宜写激昂慷慨之情。中国文字微妙极。

---

① mile，英文，意即英里。

无道人之短，无说己之长。施人慎勿念，受施慎勿忘。世誉不足慕，唯仁为纪纲。隐心而后动，谤议庸何伤。无使名过实，守愚圣所臧。在涅贵不淄，暧暧内含光。柔弱生之徒，老氏诫刚强。行行鄙夫志，悠悠故难量。慎言节饮食，知足胜不祥。行之苟有恒，久久自芬芳。

崔子玉座右铭　选入高级中学

壬午新秋于贵州遵义　子恺

丰子恺手迹

195

崔子玉座右铭："无道人之短，无说己之长。施人慎勿念，受施慎勿忘。世誉不足慕，惟仁为纪纲。隐心而后动，谤议庸何伤。在涅贵不淄，暧暧内含光。柔弱生之徒，老氏诚刚强。行行鄙夫志，悠悠故难量。慎言节饮食，知足胜不祥。行之苟有恒，久久自芬芳。"

有一个通汉学的西洋人，大概是 Arthur Walley〔奥瑟·沃利〕吧！翻译"白头宫女在，闲坐说玄宗"，把"玄宗"译为"玄秘的宗教"。汉学深广，实在难怪他。不过如此译，此诗有何意味？

古佛偈："七池无狂花，双树无暴禽，中有道场精进林。雪山白牛日食草，其粪合香为佛宝，以此涂地香不了。长者居士与导师，各具智慧千人俱。多乐少苦功德施。童男扫塔复洗塔，塔内舍利一百八，清净耳闻诸天乐。昔传佛在狮子城，说法无量度众生，能令荆棘柔软沙砾咸光明。"

在诗句中嵌字，是寂寞无聊时的一种消遣法。风、花、雪、月、酒、愁、春、秋等字，都很容易，要十套也有。今天我用"空"字，倒也完成了：

空见葡萄入汉家

排空御气奔如电

寒林空见日斜时

凤去台空江自流

学道深山空自老

六朝如梦鸟空啼

咸阳沽酒宝钗空

有人试验心理作用：预挽三四人立于某人出门必经之途，见某人来，装作吃惊之状，谓之曰："足下脸色如此难看，恐有疾病，必须加意治疗！"众口一词。此人回家，果然疾作。

又有人试验心理作用：告狱中一死囚：汝明日须受死刑，但不用刀枪，只在腿上挖一洞，使血流出，血尽身死。次日，绑赴法场，以布蒙其眼，以锥刺其股，使稍出血。然后以水壶滴水于其伤口上，下方以桶承之，淙淙有声。约半小时，其人死矣。

从前的人定润格卖字画，有的规定："双款加倍"，有一人却是"单款加倍"。为什么呢？他说，双款的已经写定名字，不好转卖，单款的可以转卖给别人，十块钱买来的，不妨卖二十元，从中图利，所以要加倍取润。此人以此法显示他的书画的名贵，也是一种招摇撞骗。

肴馔，日本人称之为"鱼"（sakana），中国人称之为"菜"，或"小菜"。无论鱼、肉、鸡、鸭，日本人都说是"鱼"；中国人都说是"菜"。可知日本是岛国，鱼很多，其祖先吃惯鱼，故称一切肴馔为"鱼"。中国人的祖先大概都是吃素的，故称一切肴馔为"菜"。宁波人称肴馔为"下饭"（ove①），很好。

有人为理发店作一联："频来尽是弹冠客，此去应无搔首人。"

杭州西湖三潭印月九曲桥中的亭子上，有一副对

---

① ove 是"下饭"二字的宁波读音。

联，是刻在木板上的，是俞曲园撰并书的，文曰："记
故乡亦有仙潭，看一样湖光，添得石桥长九曲。到此
地宜邀明月，问谁家秋思，吹残玉笛到三更。"抗战
中被日本鬼子偷去。

英文等都有重音（accent），日本文不讲。何故？

昔年游南昌，见某处有一亭子，柱上一联曰："枫
叶荻花秋瑟瑟，闲云潭影日悠悠。"本地风光。

日本有谚曰："無サ相ニ有ルノハ借金デ、有リ相
ニ無イノハ金デス。"（似无而有者债，似有而无者钱。）

日本人排顺序，惯用"伊吕波歌"，犹似我国的用
千字文"天地玄黄"。伊吕波歌全文如下：

色は香へど散解るを、我が世谁ぞ常ならむ、有
為の奥山、今日越えて、浅き夢見じ醉もせすん。

此歌中把日本四十八个字母全部取入，没有重复。
此歌可译意如下："花虽香且艳，不久即纷飞。茫茫此
世间，何人得久栖？扰攘红尘界，从今当隔离。勿作
黄粱梦，亦勿任醉迷。"

佛教思想在日本普遍深入。伊吕波歌即是一证。昔年我在东京，看见某商店门口贴着一字条："小僧入用"，意思是此店要招收学徒。缢死叫做"秋千往生"。

古来咏战争，有动人之句："一将功成万骨枯。""纵使将军全得胜，归时须少去时人。""年年战骨埋荒外，空见葡萄入汉家。""可怜无定河边骨，犹是春闺梦里人。""夜战桑乾北，秦兵半不归。朝来有乡信，犹自送寒衣。"

李叔同先生作一篇《音乐小杂志序》，用骈俪文："呜呼！沉沉乐界，眷予情其信芳。寂寂家山，独抑郁而谁语？矧夫湘灵瑟渺，凄凉帝子之魂；故国天寒，呜咽山阳之笛。春灯燕子，可怜几树斜阳；玉树后庭，愁对一钩新月。望凉风兮天末，吹参差其谁思？冥想前尘，辄为怅惘。旅楼一角，长夜如年。援笔未终，灯昏欲泣。"

上海有一个钱化佛，画佛像卖钱。其润格上写："钱化佛，佛化钱。"又有一个卖字画的，其润格上写："拿小花纸来换大花纸。"又有一个卖字画的，其润格上写："因求者太多，故定例限制"，装作不是要钱。又有一个卖字画的，叫几个学生出面定润格，说是老师不肯，学生们强请，暂时许可的。意思是要买快来。我觉得前两人可笑，后两人可鄙。

日本人骂人，最凶的是"马鹿夜郎"、"畜生"。前者用赵高指鹿为马及夜郎自大的古典，真文雅！中国人骂人牵涉到母亲。古代就有"叱嗟！尔母婢也！"可见由来已久。

从前夏丏尊先生有一句沉痛的话："你倘要人怨恨你，只要帮他一点忙。"

北美洲的亚摩森河①，东流入海，水势甚大，海口五百里内全是淡水。有一船航到五百里内，缺乏淡水，打旗号向另一船乞水。另一船复道："身边就是。"汲取饮之，果是淡水。此话载在"法苑珠林"，乃佛教中喻话。

有一日本人的茶壶上，刻着八个字：从任何一字

---

① 疑指南美洲的亚马孙河。

起，或左行，或右行，皆成二句四言诗。

有人集四书句作一谜："方丈之木，匠人斫而小之。在于中国，直道而行之；至于他邦，横行于天下。治亦进，乱亦进，至死不却。"射象棋中的卒。

日本人称牙刷为"杨枝"。（牙签曰小杨枝。）此乃根据古法。古人朝起，取数寸长筷来粗细①的杨柳枝，咬碎一端，用以刷牙。用后剪去一段，备明日再用。弘一法师告我。

据说外国有一种人，叫做 hired moaner，是出钱雇用来装着哀哭而送丧的。

昔人有巧对：魏无忌，长孙无忌，彼无忌，我亦无忌 —— 蔺相如，司马相如，名相如，实不相如。

有人说：电影片子倒旋，映出来的情景奇影怪状。吐痰入盂，变成痰从痰盂里回到口中。

拿一个三四尺长的木制的圆筒形的器械，由于重力和速力而加到你的身上，破坏你的身体的组织，促

---

① 筷来粗细，作者家乡一带方言，意即像筷一样粗细。

成你的寿命的结束。——　拿木棍打死你。

　　嘉兴城隍庙中，庙祝有一木刻猪头。来祭神者出数钱借用，浇以肉汤，供神前祭拜。望之略似真猪头。大约神自身乃泥塑木雕，故供品亦不妨木雕也。

　　从前有一书商，欲刊一部"中国文化名人传"，通告一百位文人，请其自写传记，并购买预约书十册，每册一元。文人想借此出名，皆乐从。书商收得一万元①，刊印发卖，获利无算。此出版者叫人倒贴稿费，无本营商，可谓精明之至。

　　昔人有全仄诗："月出断岸口，影照别舸背。且独与妇饮，颇胜俗客对。月渐入我席，暝色亦少退。岂必在秉烛，此景亦可爱。"

　　先君爱饮酒，家有一"回肠壶"。此壶用紫铜制造，内部有九曲回肠，上通漏斗，下达出口。壶内盛沸水。饮酒时，将冷酒倾入漏斗，酒通过沸热之回肠而从口中流出，以杯承之，即得温酒，立刻可饮。冬日酒兴

———————————

①　一万元，疑为一千元之误。

到时，等待烫酒则少兴，用此壶则立办。此昔人雅事，
今也则无。然此壶宜用于独酌。若多人共饮，则不如
用热水瓶，装数斤热酒，可历久不冷。